无奋斗 不青春

你只是看起来很努力

启 文 编著

花山文艺出版社

河北·石家庄

图书在版编目（CIP）数据

你只是看起来很努力 / 启文编著 . -- 石家庄：花
山文艺出版社，2020.5
（无奋斗　不青春 / 张采鑫，陈启文主编）
ISBN 978-7-5511-5142-9

Ⅰ . ①你… Ⅱ . ①启… Ⅲ . ①散文集－中国－当代
Ⅳ . ① I267

中国版本图书馆 CIP 数据核字（2020）第 066359 号

书　　名：**无奋斗　不青春**
　　　　　WU FENDOU BU QINGCHUN
主　　编：张采鑫　陈启文
分 册 名：你只是看起来很努力
　　　　　NI ZHISHI KAN QILAI HEN NULI
编　　著：启　文

责任编辑：董　舸
责任校对：郝卫国
封面设计：青蓝工作室
美术编辑：胡彤亮
出版发行：花山文艺出版社（邮政编码：050061）
　　　　　（河北省石家庄市友谊北大街 330 号）
销售热线：0311-88643221/29/31/32/26
传　　真：0311-88643225
印　　刷：北京朝阳新艺印刷有限公司
经　　销：新华书店
开　　本：850 毫米 × 1168 毫米　1/32
印　　张：30
字　　数：660 千字
版　　次：2020 年 5 月第 1 版
　　　　　2020 年 5 月第 1 次印刷
书　　号：ISBN 978-7-5511-5142-9
定　　价：178.80 元（全 6 册）

前　言

随着互动社交软件的普及，我们发现，身边的朋友们越来越努力了：有的人坚持学习，每天都要读一本书；有的人坚持运动，每天都要跑上五公里；有的人努力工作，几乎每晚都在加班。无一例外的是，这些人都把自己的努力分享到了朋友圈或者微博里。

这些看起来很努力的人也获得了他们想要的东西——点赞。

而他们真正追求的东西似乎还很遥远。

为什么会这样？

有句话不知道大家听过没有——间歇性发奋图强，持续性混吃等死。说的就是这种看起来很努力的人。

看起来很努力的人都有一个共性，他们认为，只要足够努力，就一定能够获得回报。而他们不知道的是，这个世界上努力的人太多了，几乎绝大多数都只能平庸，甚至连最基本的回报都少得可怜。

原因也很简单，因为他们的努力更像是一种自我安慰，他们用忙碌和疲累来安慰自己：今天我努力了，今天我充实了。

殊不知，努力并不是那么容易就能变现的。

大家都听说过南辕北辙的故事吧。如果你要去南方，但是却朝着北方前进，再努力你也到达不了终点。

所以，努力也要有方向。

有的人努力却不知道变通，最后屡屡碰壁，这就是没有方向的努力；还有的人，只会努力，不会做人，最后也是一事无成，这同样是没有方向的努力。

真正的努力应当配合更多的改变。就如同一部手机一样，你在软件上下再多的功夫，没有配套的硬件，它也无法流畅地运转。

所以，你需要让自己变得更好，这样你的努力才能有的放矢，才不至于被浪费。

这本书就是告诉大家一套方法，让你不再是看起来很努力，而是让你的努力真正用到实处，为你的人生添砖加瓦。

目 录

第一章
要努力，也要学会变通

在工作或者生活中，我们总会遇到这样或那样的困难，这是难以避免的。遇到困难不退缩、去努力解决，这是我们应有的态度。但我们也应当知道，除了努力之外，我们还需要掌握一点儿方法和技巧，让自己能够更加变通，这样才能解决一个又一个难题。

学会变通地与人相处

每个人的脾气性格各有不同,有些人虽然表面看起来死板傲慢,但只要你摸透了他们的秉性,区别对待,以后的交往便会顺利得多。

俗话说:人上一百,形形色色。在人际交往中总会遇到各种各样怪脾气的人,如何摸透每个人的秉性,采取恰当的方式与其相交相处,是一门高深的学问。因此了解与掌握如何与不同习性的人交际的技巧是非常重要的。

1. 与死板的人的相处之道

死板的人往往我行我素,对人冷若冰霜。尽管你客客气气地与他寒暄、打招呼,他也总是爱理不理,不会做出你所期待的反应。其实,尽管死板的人一般说来兴趣和爱好比较少,也不太爱和别人沟通,但他们还是有自己追求和关心的事。所以,我们在与这类人打交道时,不仅不能冷淡,还应该花些功夫仔细观察,注意他们的一举一动,从他们的言行中寻找出他们真正感兴趣的事来。一旦触及他们所热衷的话题,他们很可能马上一扫往常那种死板的表情,而表现出极大的热情。

2. 与傲慢无礼的人的相处之道

傲慢无礼的人往往自视很高、目中无人，表现出一副"唯我独尊"的样子。与他们打交道实在是一件令人无法忍受的事情。可是，为了自身利益的需要又不得不与这种人接触时，又该怎么对付呢？

最适合的方法有三种：

首先，尽可能地减少与其交往的时间。在能够充分表达自己的意见和态度或某些要求的情况下，尽量减少他能够表现自己傲慢无礼的机会。这样，对方往往也会由于缺乏这样的机会而不得不认真思考你所提出的问题。

其次，说话要简洁明了。尽可能用最少的话清楚地表达你的要求与问题。这样，让对方感到你是一个很干脆的人，是一个很少有讨价还价余地的人，因而约束自己的架子。

最后，你还可以邀请这种人去跳舞，聊聊家常，去 KTV 唱歌，等等。而当对方在你面前表现出其生活的本色之后，在以后的交往中，他往往不会再对你傲慢无礼了。

3. 与少言寡语的人的相处之道

我们通常会把少言寡语的人称为"闷葫芦"，和这种人在一起，总会感到沉闷和压抑。特别是对一些性格比较外向、活跃的人来说，更是觉得难受。因而在这种情况下，有些人为了活跃气氛，便故意找些话题来说。其实这是没有必要的。因为，对于沉默寡言的人来说，之所以这样，可能是他们有心事而不愿多言。在这种情况下，你应该尊重对方，不要去破坏对方的心境，让其保持一种内心选择的生存方式；相反，如果你故意地没话找话，并拼命地想方设法与对方交谈，只会适得其反，引起对方的反感。

4. 与自私自利的人的相处之道

自私自利的人尽管心目中只有自己，特别注重个人利益的得失，但是，他们也往往会因利而忘我地工作。你对他们不必有太高的期望，也没有必要期望他们能够像朋友那样以情为重。与这类人的交往关系可以仅仅是一种交换关系，按付出给回报，干得好坏不同，获得的利益也会不一样。

5. 与争强好胜的人的相处之道

争强好胜的人往往狂妄自大，自我炫耀，自我表现的欲望非常强烈。他们总是力求证明自己比别人强，比别人正确。当遇到竞争对手时，他们总是想方设法地挤对人，不择手段地打击人，力求在各方面占上风。对这样的人，你不能一味地迁就，有必要在适当的时候以适当的方式打击一下他的傲气，使他知道人外有人，天外有天。

6. 与狂妄自大的人的相处之道

狂妄的人实际上并没有多少学问，往往是自吹自擂，夸夸其谈，他们所表现的高傲、不屑一顾等神态，实际上是一种心灵空虚的补充剂，以维持其虚荣心。与这些人相处的方式实际上很简单。刚开始与他们交往似乎觉得他们视野开阔，天南地北，无所不知，好一副居高临下的样子，但只要就某一问题深入地与之探讨，他便会露出马脚。一旦露了马脚，他自然就威风扫地。另外，与这类人初次相处，可以用你的常识将之"震"住，如果做到了这一点，往后的交往便会顺利了。

我们所处的社会是个大舞台，每个人所扮演的角色都各不相同，复杂而又多变。你只有善于与不同性格的人交往，才能在人际关系中如鱼得水，在社会中占有一席之地。

学会欣赏你的上司

我们常会听人说："就他那点儿水平也配领导我？""我的那个上司简直比一头猪还笨！"说这些话的人实在不是一个聪明的职场人，他们大多都是在公司中不被领导器重的人，或者跟领导有嫌隙、有矛盾的人。

其实，你要明白一个道理：上司之所以成为上司，能坐到今天这个位置，一定有其过人之处。身为下属，应该学会欣赏上司身上的亮点，而不是去挑上司身上的刺，去揭领导的短。即使上司在某些方面是个菜鸟，你也要学会欣赏他。

蓝小莫在一家跨国咨询公司上班。她很喜欢这份工作，工作起来也很卖力。可是，自从一个"海归"上司来了以后，她决定辞职，因为她实在不敢恭维这个上司的能力。

每天，蓝小莫在下班之前，都会把第二天的工作计划和重要资料整理好后再走，可是第二天来的时候，所有整理好的文件总是被弄得一团糟。几次后，蓝小莫发现，原来是她的那个好大喜功的上司为了向总部领导显示自己的工作能力，每次在她走后，都拿着她的这些文件资料去老板那里大谈工作成果和工作方式。

上司汇报工作成绩时，对下属的表现总是三言两语带过，无形中剥夺了下属晋升的机会。蓝小莫很对此很恼火，但苦于他是上司，她又不好说什么，只好选择辞职。

当蓝小莫把辞职信放到总经理助理卡利斯莉面前的时候，卡利斯莉女士十分意外，因为她知道蓝小莫是一个工作十分出色的员工。当卡利斯莉了解了原因后，她并没有打算接受蓝小莫的辞职信，而是给她讲了自己的一个故事：

卡利斯莉年轻的时候和现在的蓝小莫一样，因为不满意上司的表现而换了工作，可是换了一份新工作后，不久，她又发现新的上司有这样那样的毛病，于是，她又辞职了。经历了几次换工作后，卡利斯莉发现自己这样的做法是很愚蠢的，因为几年下来，她没有给自己的简历上留下任何工作成果。因此，她来到了现在这家公司，决定从底层做起，面对一个未知的上司，她决定不再调换工作，而调换一下自己看待上司的视角，她尽量避开他们的弱点，寻找他们的优点。最后她发现，即使一个看上去很让人讨厌的领导，他的身上也有可爱的地方，所以她一直工作到现在，直到做到了助理的位置。

听了卡利斯莉的故事，蓝小莫收回了她的辞职信。

从那以后，她开始从欣赏的角度看自己的这个菜鸟上司。一段时间后，她发现那个原本惹人讨厌的上司不仅幽默感十足，而且见多识广。在一些商务社交场合上，他能从容应对各种场合。蓝小莫似乎明白了，这个能力不如自己的人为什么能成为自己的上司。

黑格尔说过："无论什么时候，你都要相信'存在的，即是合理的'。一个人即使一无是处，至少也有一两个优点。"所以说，当你看一个领导时，不要只盯住他的缺点和不足之处，而是换成一种欣赏的眼光。要知道金无足赤，人无完人，领导也有不足之处，上司工作的能力未必如你，但他一定会有很强的管理能力，所以这时你需要用欣赏的眼光看待领导，这样你才会真心服从你的领导。

在职场中，不论自己的能力有多强，都要放低自己的心态，欣赏你的老板，尊重你的同事。因为只有在欣赏一个人时，当别人差遣你的时候，你才会用心做对方安排你做的事。

寸有所长，尺有所短。拿己之长比人之短，这本身就是不公平的事。因此，你要虚心地学习上司的长处，认真地改正自己的短处，这样才能够更好地充实自己，不断进步。拿自己和周围的人进行横向比较，这样你就会改变原来看人眼光。

有一位著名企业家说过这样一句话："一个人事业的成功，15% 基于他的专业技能，85% 则取决于他欣赏别人的态度。"因此，任何时候你都要明白这样一个道理：成功的事业和欣赏一个人是分不开的，能够放下自己的挑剔眼光，懂得去欣赏上司的优点的人，才有机会幸运地获得上司的青睐。

不可忽视小人物

　　一般人都认为，在公司里只要尽心尽力，取得业务实绩，赢得上司的赏识和老总的欢心，加薪提升就指日可待了。而对于那些一般的行政人员，则没有给予应有的尊重，认为得到他们的协助是理所应当的，所以平日就对他们指手画脚，急躁起来甚至会对他们颐指气使，拍桌瞪眼，甚至把这些微不足道的"小人物"当成"出气筒""受气包"，把人际关系学的一套都抛到九霄云外去了。其实这是一个非常严重的交际误区。

　　事实上，有些人的职位虽然不高，权力也不怎么大，跟你也没有什么直接的关系，但是，他们所处的地位都非常重要，他们的影响无处不在。他们的资历比你高，风浪经历比你多，要在你身上找点儿毛病、失误，实在是易如反掌。

　　要知道，人是最复杂的动物，你应该尽力去了解身边潜藏着哪些人物，他们各有哪些才能、特长，有什么样的家庭背景、社会关系，他们的同学、朋友都是一些什么人，他们的同学、朋友又有一些什么样的家庭背景和社会关系。不要忽视"小人物"，在他们身上不经意地投入，有可能带来意想不到的连锁反应。

　　《战国策》中记载了这样一个故事：中山君宴请都城里的军士，有个大夫司马子期在座，只有他未分得羊羹。司马子期一怒之下跑到楚国，劝说楚王攻打中山国。中山君被迫逃走，他发现，逃亡时有两个人拿着戈跟在他后面，寸步不离地保护他。中山君回头问这两个人说："你们是干什么的？"两人回答说："我们的父亲有一次快要饿死了，你把一碗饭给他吃，救活了他，他临终时嘱咐我们，'中山君如果有难，你们一定要尽死力报效他。'所以我们决心以死来保护你。"中山君感慨地仰天长叹："给予，不在于多少，而在于正当别人困难时；怨恨，不在于深浅，而在于恰恰损害了别人的心。我因为一杯羊羹而逃亡国外，也因一碗饭而得到两个愿意为自己效力的勇士。"

《三国演义》里的曹操更是因为对待"小人物"态度的不同而影响大业。在官渡之战兵处劣势时，曹操听说袁绍的谋士许攸来访，竟顾不得穿衣服，赤着脚出来迎接，对许攸十分尊重。许攸感其诚，遂为曹操出谋划策，帮了他的大忙。礼贤下士的曹操借助这个"小人物"的力量成就了许多大事。

然而曹操也吃过忽略"小人物"的亏，当他正一帆风顺时，西川的张松前来献地图，他态度傲慢，以至于给张松留下了"轻贤慢士"的坏印象，于是张松改变了主意，把本来要献给曹操的西川地图，转而献给了刘备。这对曹操来说是事业上的一大损失。可以想象，曹操对张松如果像当年对许攸那样尊重，西蜀的地盘说不定早就成了曹操的了。

不经意间，"小人物"也可能扮演着"大角色"。也许这些人有很不一般的家庭关系，其中就有人可以直接参与对你的提拔任免，你的行为正处于人家的监控之中，"授人以柄"岂不因小失大？或许当你消息闭塞时，会有一个你意想不到的朋友给你送来一则起死回生的消息，帮你力挽狂澜；当你仕途低迷时，会有人扶你一把；或者在你的单位进行民主评议的时候，你这个群众关系好的人所得的票数会比别人多。

世界是不断变化的，没有一成不变的事情。也许身边这些"小人物"颇有才华，几年以后，其中会有人处于和你平级、甚至高于你的位置，怠慢他们等于给自己树立了未来的敌人，使你后悔莫及。早知如此，何必当初？多一个朋友总比多一个敌人强，与小人物的人际交往绝对不能忽视。

不做死脑筋的人

陈其是学经济的，大学毕业后，被分配在省城的一所中学里教书。陈其虽然已在省城安家立业，但每年都要回一次老家。每一次回家，他的心灵就被震撼一次。改革开放这么久了，家乡的山依旧荒芜，乡亲们的生活依旧贫困。

陈其决心为家乡闯出一条致富之路。他毅然辞去中学的教职，回到家乡承包了40亩荒地，开始建造他的示范农场。

可是，不到两个月，他就和村干部们发生了冲突。一次，因为干部吃吃喝喝，陈其当面提了意见，他坦诚地说："论辈分，你们都是我的叔叔大爷。可群众生活这么苦，干部不应该这样多吃多占。"干部们一愣，多少年了，还没有人敢当面说他们的不是呢。他们手捏酒盅，小声议论说："这小子，读了几年书，就翘尾巴！"

还有一次，因为乡干部们按亲疏远近划分宅基地，陈其找干部评理，又一次得罪了乡干部。

陈其动用自己的全部积蓄，在山上盖起了石屋，开始了农场的建造，可是，他遇到了一连串的麻烦：实施计划需要的炸药，要乡干部开证明才能购买，他受到了无端的刁难；农场需要资金，他又遭到乡干部的冷眼……

最终，陈其只能无奈地守着空屋、守着农场、守着他的人生梦想叹气……

陈其虽有雄心壮志，可惜因为做人太硬气，不懂得低头，始终无法处理好人际关系，没有人缘，结果落得个一事无成。人际关系是一门灵活变通的学问，如果太死板、太不"开窍"，那么人际关系一定无法处理好。

某机关大院聘了下岗工人柳某担任门卫，看守左侧的小门。这个工作虽然挣得不多，但柳某很是看重，工作起来兢兢业业，毫不含糊。不过他的尽责却引起了机关职员的厌烦：机关正常上班时间是9:00，规定侧门在8:55上锁，过了时间要出去的话，只能走大门。有一天，机关职员赵某遇上路上塞车，他赶到侧门时是8:56，侧门刚刚上锁。赵某发现从侧门进还来得及，如果走正门的话非迟到不可，因此就请门卫柳某打开门让自己进去，但柳某却认为这违反了规定，坚决不开。结果，赵某好话说了一箩筐，柳某就是不为所动，坚决不开门。赵某又气又急只好走了正门，因为迟到了五分钟，当月奖金没了。这样的事不止一次，还有几个人，因为忘了带通行证，也被柳某拒之门外。时间长了，大家越来越讨厌柳某，见到他就冷着脸，跟见到仇人似的。年终考核时，大家都给柳某打了低分，"认真负责"的柳某又下岗了。

不是说遵守规定不好，只是柳某实在是太不开窍了：遇到职员晚来一两分钟的事，如果你能网开一面，开个绿灯，那别人会对你有多感激，这个顺水人情柳某竟然都不懂得做。做人在不违背大原则的前提下，能结缘就别结仇，这样才能点旺人气，有个好人缘，办起事来，人家才会支持你、帮助你。

陆某是学工科的，毕业后分配在县城工作。他嫌机关太冷清，主动要求到基层工作，以便实现他的抱负——开发山里的矿产资源，造福家乡父老。

陆某为改变家乡的面貌处心积虑，四处奔波，人们夸奖陆某脑子特别灵活。的确，通过几年的奔波建厂，陆某悟通不少"人情世故"。大事不违法，小事灵活处理。很自然地，陆某面前的红灯少，绿灯多。他主持的那个乡，乡镇企业产值和利润连年翻番，人均收入也大大提高，人们对他更是赞不绝口。由于他突出的"政绩"，三年以后，他被提拔为乡长、乡党委书记。又过了两年，他被提升为主管工业的副县长。

陆某为了不撞个头破血流，因此"软"了一下，一方面坚持着自己的原则和初衷，另一方面走了一条圆通的道路，获得了好人缘，办起事来一路绿灯，终于获得了成功。在现实生活中，陆某这种为成大事"软一软"的做人方法，只要严守法律的界限，不失为一种务实的、行得通的做法。

在为人处世中，一个人如果太过硬气就无法赢得好人缘，也就无法在社会上立足。因此，我们做人做事千万不要太死板，圆通机变才能走出一条成功之路。

多去考虑别人的感受

　　在孔子所处的年代，孔子能够做到"独乐乐不如众乐乐"，实属不易。与人同乐者，他能够将别人视为砝码，将自己视为"万物"，然后用别人来称量自己。称量别人，总是先揣度自己。因此，凡是持有"独乐乐不如众乐乐"思想观点的人，都能够将他人放在第一位，而将自己放在第二位。也就是说，无论做什么事情，都能先考虑到别人的感受。

　　我们考虑问题时常会海阔天空，但不幸的是，无论思路如何开阔，我们往往还是从自己出发的。

　　在古希腊，斯巴达人统治雅典的第三年，有一支一万多人的希腊军队，出征去帮助波斯国王的次子普鲁士打仗。后来，普鲁士在和兄弟争夺王位的战争中死去，这支希腊军队就失去了打仗的意义，来到距离巴比伦不远的一个小镇。军中那些高级将领在与波斯人谈判的过程中，全部中计被害，整个部队陷入了没有统帅的局面。更为不幸的是，这时希腊军的四周还有敌军的包围。很多人都认为，希腊军处在这样一种不利的形势之下，肯定会自行瓦解。

　　在这支将要溃散的军队中有一个刚入伍的新兵塞若梵，他是个很有头脑的人。在这样的危急时刻，他把所有的下级军官都组织起来，召开了一次会议。在会议上，塞若梵充分发挥自己的演说才能，鼓起大家的士气和信心。全体下级军官都一致推举他为统帅，来统领部队。但塞若梵知道，希腊人是很难统领的，因为他们都有着很强的个性，自己决定自己的生活方式，自己选择自己的自由行动。虽然军队有严格的纪律，但希腊人所信服的是那些有才能和智慧的人。一个没有能力的统帅或指挥失误的将军，士兵们往往会向他投掷石子，以表达自己对他的鄙视。

塞若梵深知希腊人的这一个性，因此，他立即召集全体士兵召开大会，并做了更加慷慨激昂的演讲。在演讲中，最为激励人心的是，他极力突出每一位战士的作用，而不是突出他的主帅地位。他说："有人认为我们的指挥官死了，我们就会失败。但我们要让他们睁大眼睛看看，我们军中的每一个人都是将军。虽然受人尊敬的老将军克里亚库斯死了，但还会有千万个克里亚库斯和他们战斗。"

塞若梵用极为简短而有力的方式，将自己的鼓励注入了每一个战士的心中，使得那一万多名战士都产生了前所未有的责任和信心。他们仿佛一夜之间都脱胎换骨了，就像一个人一样，产生了巨大的凝聚力。而这股凝聚力的核心就是塞若梵。第二天清晨，他们就踏上了返回希腊的征途。

因为塞若梵能够站在群众的角度思考问题，所以他能以身作则，发扬民主，爱护士兵，从而通过采取各种机动灵活的战略战术，经过四个月的时间，转战两千多公里，终于胜利地回到了希腊。

塞若梵后来总结说："我们都知道，自觉自愿的服从最终都会战胜被迫的服从。我就是懂了如何才能让战士们自觉地服从我。

同时，我还必须吃苦在前，以身作则。"

如果我们都像他这样思考，我们就会拥有一个美好的栖居地。要展现出自己的关心，谦恭与礼貌，因为周全的考虑是一种表示关心的态度。

做任何事情，都要考虑到别人。无论你身居多高的地位，你身边的人、你的下属都是你要关心的对象。因为他们是与你并肩作战的人，他们会给你很多帮助。

要智取不要蛮干

张先生在一个公司干了十多年，在部门副经理的位置上迟迟升不上去。两年前，原部门经理被调入总部，空下的位子完全有可能由他来顶替，但总部不知道出于什么原因，另从他处调来一个人来当经理。

张先生没有当上经理，本来也没有什么负面情绪，问题是：新来的经理和他合不来，经常会有一些小摩擦。

在一次冲突后，张先生决定不再在这个经理下面受气了，于是决定找猎头公司跳槽。他将这个决定告诉了妻子，妻子问他："你是不是对现在的公司没有了兴趣？"

他回答说："不是，我其实也舍不得走，只是跟新任经理不合调。"

"那么，你为什么不试着帮你的经理找个别的职位呢？"

这个主意不错，张先生想。但是要如何才能让经理挪位呢？出阴招、告黑状之类的下作方法显然不可取。他们夫妻俩商量来商量去，觉得最好的办法莫过于帮助经理升职去总部，这是一个积极的、双赢的方法。

有了这个策略后，张先生的工作更加努力了，不仅带领团队将业绩做得相当出色，还在很多重要场合突出经理的领导有方。

他这样做的效果很快就出来了，首先经理与他的冲突减少了，不久之后，经理就因为能力强而上调总部担任更重要的职务。经理在临走时，大力向高层推荐张先生接任自己的职务。结果，张先生果然被马上扶正。

举上面这个例子的意思是：解决问题的方法有很多，一定要用脑子去智取，不要蛮干。方法得当方为强者。蛮干很容易，做得不开心，一走了之，这个人人都会做。西方流行着一句十分有名的谚语，叫作"Use your head（用用你的脑子）"，许多名人一生都谨记着这句话，为人类解决了很多难题。

在 IBM 公司各地分部管理人员的桌上，都会摆着一块金属板，上面写着"THINK"（想）。这一字箴言，就是 IBM 的创始人汤姆·华特森创造的。

1911 年 12 月，那时的华特森还在 NCR（国际收银机公司）担任销售部门的高级主管。

有一天，寒风刺骨，淫雨霏霏，气氛沉闷，无人发言，大家逐渐显得焦躁不安。

华特森突然在黑板上写了一个很大的"THINK"，然后对大家说："我们共同的缺点是，对每一个问题没有充分思考，别忘了，我们都是靠动脑赚得薪水的。"

在场的 NCR 总裁约翰·巴达逊对"THINK"这一字大为赞赏，当天，这个字就成为 NCR 的座右铭。3 年后，它随着华特森的离职，又变成了 IBM 的箴言。

其实，"THINK"是华特森从多年的推销经验中得出来的。

他在 1895 年进入 NCR 当推销员，他从公司的"推销手册"中学到许多推销的技巧，但理论与实际总有一段距离，所以他的业绩很不理想。

　　同事告诉他，推销不需要特别的才干，只要用脚去跑，用口去说就行了。华特森照做了，还是到处碰壁，业绩很差。

　　后来，他从困厄中慢慢体会出，推销除了用脚、用口之外，还得靠脑。想通了这一点后，他的业绩大增。3年后，他成为NCR业绩最好的推销员。这就是"THINK"的由来。

　　一个人的大脑是一块富饶的土地，你可以让它变成硕果累累的良田，也可以任它成为杂草丛生的荒地——一切取决于你是否有计划地播种与耕耘。

换个角度解决问题

没有最牛的人，只有善于妥协的人。

妥协是对双方都有利的方式，是一种智慧。不要只看到妥协中失去的那些，更要着眼于妥协后所得到的。妥协不是放弃努力，更不是失败，妥协是为了前进，出奇制胜，是退一步进两步。

凯特是化妆品公司的推销员，公司几次想与另一家化妆品公司合作都未能如愿。经过凯特的努力，该公司终于答应与凯特的公司合作，但有一个要求——要在其化妆品广告词中加上该公司的名字。

凯特的老总不同意，认为这是花钱替别人打广告。协商陷入僵局，合作公司要求凯特的公司两天内回话。凯特听到消息，直接找到老总，让他赶紧答应，不然会错失良机。

老总不乐意地说："我坚决不妥协，他们这是以强欺弱。"

凯特则认为把自己的产品和一个著名的品牌绑在一起是有利的。经她的劝说，老总终于同意了双方合作的条件。

事情正是像凯特预料的那样，生意蒸蒸日上，销售额直线上升，凯特因此被提升为业务总经理。

妥协是一种通往成功的道路，是对机会的把握，这样才能准确出击。妥协以退让开始，以胜利告终；表面看来是以对方利益为重，其真实的意义则是为自己的利益开道。

广森有一家三星级的宾馆，朋友给他介绍了一个名气很大的导演，导演准备在他的宾馆开一个新闻发布会。

广森很快就答应了，在租金上却不能与对方达成协议。广森要价4万元，导演答应出2万元，双方因此争执不下。朋友劝广森说："你怎么这么傻？只看到了2万元，2万元背后的钱可不止这个数啊。他们都是名人，平时想请都请不来。"

广森还是不妥协，坚持4万元，对朋友说："你看你介绍的人，这么苛刻。"

朋友生气地说："我没有你这个目光如豆的朋友。"说完，朋友把广森丢下，自己走了。

广森旁边另外一家四星级宾馆的总经理知道了这个消息后，及时找到导演，说非常愿意把宾馆大厅租给导演，要价不超过2万元。

于是，导演就租了这家四星级宾馆。开新闻发布会那几天，除了记者、演员外，还有很多慕名而来的影迷，十几层的大楼无一空室。因为明星的光临，这家四星级宾馆也名声大噪。

广森看到这一幕之后，真是后悔得不得了。然而，一切都已经晚了。他只能懊悔自己怎么这么短视，没有认识到妥协是退一步进两步的良方。

每个人都很希望自己做事情能从一个好的角度下手，把事情做得尽善尽美。可是，这种好的角度，又会从哪里来呢？当然要从思维而来。这是因为，不同的思维决定不同的出路。一个人在做事之前，一定要善于变换角度看问题，这样才可能增加成功的概率。

美国佛罗里达州的一位农夫花巨资买下一片农场后，突然发现上当了。因为在这个农场里，无论是栽培果树还是养猪都是不可能的，这里盛产的只是一些小橡木及响尾蛇。

他突然灵机一动，想到把这些看似没有什么价值的东西换成财富，就要善用这些响尾蛇。于是，他开始制造响尾蛇肉罐头。几年后，生意异常红火，每年到农场参观的有数万人。他把响尾蛇毒牙抽取的毒液卖给研究所做抗毒剂研究；而蛇皮是妇女鞋子或手提包的材料。

蛇肉罐头深获喜爱，连村名也改成"佛罗里达响尾蛇村"了。

一件失败的事情，要换一下思维角度，或许就会变为一件成功的事。

"如果有个柠檬，就做柠檬水。"一位聪明的教育家说。

有些人的做法正好相反。他发现生命给他的只是个柠檬，他就会沮丧，自暴自弃地说："我完了，我的命运真悲惨，连一点儿发达的机会也没有，命中注定只有个柠檬。"

他开始诅咒这个世界，一辈子沉浸在自卑自怜当中，毫无作为。

聪明的人拿到一个柠檬时，他就会说："从这件不幸的事情中，我学到了什么呢？我又该怎样改变我的命运，把这个柠檬做成一杯柠檬水？"

一个人在世间生存，想要生活得更好，就要善于变通。不知道变通，就会走进死胡同，等到那时候，再后悔也来不及了。

学会迂回前进

任何事情都不可能只有一种解决方法。做事不要一条道跑到黑，因为你想到的方法可能是最差的。

我们必须开动脑筋，试着多想几种方法，这样你就可能豁然开朗。有了"换条路"的思考方式，你就会发现很多好方法。聪明人总想着如何"偷懒"节约成本和时间：别人做一件事情需要300元钱，我能不能少花些；别人做这件事用两天，我能不能只用一天半，诸如此类。

办法是人们想出来的，即使是你比别人笨一些，只要你能够多花点儿时间去想，你就可能做得比其他人更好些，在别人眼里，你就是聪明人。

成功者是用与众不同的方法才做出惊人的成绩的，"船王"包玉刚能够从一条破船起家，从一个不懂航运业的门外汉成为一代船王，主要就是因为他时时处处都在寻找最佳时机。

别人搞房地产时，甚至当他父亲也主张投资房地产时，他却决定投资航运业；别的船主用"散租"的方式获取暂时的高额租金时，他却用"长租"的方式获得稳定的收入，同时赢得了无数的固定顾客。

如果发现环境不利，就要试着换一个地方。发现手下人不称职时，就要坚决撤换。发现靠每天一封情书向人求爱不灵时，就要试着一个礼拜不给她写信。

发现"不行"就得变，而发现"行"得变得"更行"。

要想成功，就得时时刻刻想着："是否可以换种方法？"

穷人说："就这样！永不改变！"

富人说："东方不亮西方亮，柳暗花明又一村。"

一个人成就一番事业，就要持之以恒，不管是在顺境还是逆境，都要坚持。成就一番事业，没有坚韧不拔的精神是不可能的。世界上凡事都要一分为二，所以，才更要辩证地看待"坚持"。

坚持是一种很好的品性，然而，在有些事上如果坚持得过度，则会导致更大的浪费。

一个人要在事业上成功，就要有个目标，这才是人生的起点。没有目标，也就没有动力。当然，这个目标必须是合理的，即合乎实际情况。不然的话，即使你再有本事，付出千百倍努力，也不会获得成功。

据报载，有一位文学青年，高考落榜后就夜以继日地搞起诗歌创作。他一篇篇投稿，一篇篇被退回。他一气之下跑到新疆去发掘灵感，跑遍了所有地方也没有人愿意收留他。

他万念俱灰，饿了五天五夜，步履艰难地回到家里，无脸见人，服了毒药。抢救过来之后，不但没有得到亲人的关爱，父母亲还发誓以后再也不认他。

他沉痛地说："一个不幸的人选择了文学，而文学又给了我更多的不幸。"

这位青年不能说没有远大的目标和理想，甚至他还有锲而不舍的毅力，然而，却为什么到了这般田地？

诺贝尔奖得主莱纳斯 .C. 波林说："一个好的研究者知道应该发挥哪些构想，丢弃哪些构想，不然，会浪费很多时间在差劲的构想上。"

有些事情，你用了很大的努力，但迟早会发现自己处于一个进退两难的地位，走的路线也许只是一条死胡同。

而这时候，最明智的办法就是抽身退出，另外寻找成功的机会。

牛顿早年曾经是永动机的追随者。大量的实验失败之后，他很失望，于是很明智地退出了对永动机的研究，在科学研究中投入更大的精力。最后，许多永动机的研究者默默而终，牛顿却在其他方面脱颖而出，取得了辉煌的成就。

在人生的关键时刻，要审慎地运用智慧，做出正确的判断，选择正确的方向，同时不忘及时检视选择的方向，适时调整。放掉无谓的固执，冷静地做正确抉择。每一次正确无误的抉择将指引你走在通往成功的坦途上。拼搏奋斗的毅力固然重要，盲目用力则往往只是白搭。勇气也许不仅仅是坚持，人生更是一个试错的过程，可贵的勇气不是在错误上坚持，而是在发现自己错了之后赶快回头。

文学家歌德年轻时立下的志向是成为一个世界闻名的画家。为此他一直沉溺在变幻无穷的色彩世界中难以自拔。他付出了十年的艰辛努力去提高画技，最后收效甚微。

40 岁那年，歌德游历了意大利，亲眼见到那些真正大师的杰出作品之后，终于被震醒了。他明白了即使自己穷尽毕生的精力恐怕也难在画界有所建树。在痛苦和彷徨中度过了一段时间之后，他毅然决定：放弃绘画，改攻文学。

歌德在回顾自己的成长过程时，告诫那些头脑发热的青年，不要盲目地相信自己的兴趣，跟着感觉走。歌德感慨地说："要发现自己多不容易，我差不多花了半生的光阴。"

俗话说，穷则变，变则通。沿一条看不见光明的道走到黑，往往以失败收场。如果能在绝望中改变思路，就会发现另一个生机。

富人不是用了什么特殊手段，只不过他们比穷人多想了一点点，比穷人懂得变通而已。

生活中，许多满怀雄心壮志的人毅力很坚强，但是因为不会进行新尝试无法成功。那么，请坚持你的目标，不要犹豫，也不能太固执，要会变通。

如果感到确实行不通的话，就尝试另一种方式。

富人的秘诀是随时检视自己的选择是否有偏差，合理地调整目标，放弃无谓的固执，轻松地走向成功。这才是聪明的选择！

有一个年薪已达到六位数的非常优秀的推销员，你难以想象他竟是历史系毕业的，并且在干推销员之前还教过书。

这位成功的推销员是这样回忆他的事业道路的："事实上，我是个没有趣味的老师。我的课很沉闷，学生个个都坐不住，我讲任何东西他们都听不进去。我厌烦了教书生涯，对此毫无兴趣，这种厌烦感却在不知不觉地影响到学生的情绪。

"最后，校方解聘了我，理由是我和学生无法沟通。我非常气愤，痛下决心，走出校园去闯荡一番事业。这样，我才找到推销员这份自己胜任并感觉愉快的工作。

"塞翁失马，焉知非福。如果不被解聘，我也不会振作起来！基本上，我很懒散，整天病恹恹的。校方的解聘惊醒了我的懒散之梦，到现在为止，我还庆幸自己被人家解雇了。要是没有这番挫折，我也不可能奋发图强，闯出今天的局面。"

穷人不是没有本事，而是定错了目标。富人懂得检查自己的目标是否合乎实际，是否切实可行，是否符合主观及客观的条件，因而他们才更易成功。

第二章
打破穷人思维，让别人帮你一起努力

　　有的人之所以穷，是因为他们一直处于穷人思维的困局中。打破穷人思维，才能更上一层楼。怎样打破呢？最好的办法是，不要再单打独斗，让别人帮你一起来努力。

需要求助的时候就开口

穷人面子观念强，做生意怕亏，追女朋友怕被拒绝，有新想法怕遭人非议，做什么事都畏首畏尾。

为了赚钱，面子又算什么呢？何况，合法地赚钱，没有什么可耻的。没有胆量上情场的人，都有这种想法，他们不怕别人痛打一场，怕的是别人的嘲笑。别人的嘲笑，真的那么可怕吗？

他们怕的东西来自内心，想象自己开口求爱时，别人笑话，感觉丢脸不好意思。

未追女友之前害怕对方不理会自己，或者看不起自己。这样，你永远追不到女朋友。为了获得想要的东西，应该勇敢地、不怕一切地去碰碰看。

包玉刚初到香港时，干过进出口的买卖，然后，他又转行做船业生意，船业不景气时，转行做地产，地产不景气时又转做银行生意。

李嘉诚先生做过推销员，做过塑胶花的生意，做了地产之后，又做了股票和银行生意。

我们常碰到一些推销员在大街小巷推销商品，大部分人的家人反对他们做这一行。如果不能克服羞耻心，又怎么能赚大钱呢？

穷人信奉"万事不求人"的原则，平时很少留意交朋友。人单势孤是他们生存状态的写照，一旦有难事他们就会孤立无援。

人是有情的，亲戚之间本就有基于血缘或亲缘的亲情，维系、培养、发展这种亲情需要交往，需要感情投资，正所谓，不"走"不"亲"。建立好的亲戚关系是求人办事成功的关键，好关系的建立不是一朝一夕的，须从一点一滴入手，依靠平日的积累。只有不断地构建和巩固，亲戚关系才能牢固。有了"铁"关系垫底，何愁求助无门？

经常进行感情投资，常来常往，才会建立"铁"关系。俗话说得好，"平时多烧香，急时有人帮""晴天留人情，雨天好借伞"。善于求人的人都有长远的战略眼光，早做准备，未雨绸缪，这样在急时就容易得到他人的帮助。

穷人求人时往往会犯这样的毛病：认为对方是亲戚，他们为自己做事、帮忙理所当然，不需刻意致谢。

这十分错误。"礼尚往来"是中国人为人处世的准则。"投桃报李""滴水之恩当涌泉相报"等就体现了我们民族知恩图报的良好品德。

您挤车上班，别人主动让座；您上街购物钱款不足，熟人给您垫上……对这种交际中的回报，无须送礼，也无须宴请，一句感激的话，足以表达您的心意。

致谢必须是发自内心的，不管对方是陌生人还是亲朋好友，都要表示，许多人忽视了这一点。

事实上不论是一般关系的人还是亲朋好友，都愿意听感谢的话，他们的付出可能是微不足道的，受惠人一句滚烫贴切的话，对他们是一种最好的心理补偿。

对热情相助的人给以物质上的回报也是一种合适的方式。物质交际不是人际交往的主要方式。我们提倡淡化物质交往，不是要取消物质交往，而是要让这种交往多一分真情，少一分铜臭。

希腊一位哲人说："感谢是最后会带来利益的德行。"善于求人的人备妥感谢之辞，成为人与人之间交往的润滑剂，在生意上的来往也因感谢而得以顺利进行。

事实上，没有人不喜欢常听感谢之辞。因此把"谢谢"二字随时摆在心中，需要时刻派上用场，没有比这个更简单而容易使用的了。所以，对亲戚也别忘了说感谢的话。

有些义气根本没有意义

穷人没有钱，但讲义气。铁哥们儿的诱惑在于"有福同享，有难同当"，为朋友"两肋插刀"。这么多诱人的东西摆在面前，仿佛只要有了铁哥们儿一切问题就都不是问题了。但是，铁哥们儿不是万能的。

"君子之交淡如水"，这句话很有道理。假如一开始两个人之间就充满了利益的矛盾，他们很难毫无芥蒂地走到一起，所以铁哥们儿只能是同学、战友、一起和泥长大的玩伴。

没有利害冲突，就可以肆无忌惮地说东道西、聊天喝酒，一个星期或者更久的时间见一回面，彼此牵挂，然后更多的时间是各忙各的。铁哥们儿适合的范围就在于此。

一旦走到一起去了，按现在的社会衡量标准能做什么呢？

最实际是赚钱了，来路正的钱当然很好，但这里面有一个谁领导谁的问题，哥们儿之间还可以有一个大哥，铁哥们儿之间就难分彼此了。

平时觉得意气相投，直来直去，但工作中就不能这样了，总得有人说话更有分量一些。但一个人一个想法，一个人一套思路，憋在心里，日久天长就会产生摩擦，产生隔阂，到最后好说好散还好，就怕钱没赚到，反倒丢了朋友。

"哥们儿义气"是一种纯主观感受，严重脱离客观事实，是人们互相依赖的产物。不良学生群体、社会闲散人员都以"哥们儿义气"作为口号，"哥们儿义气"会对群体成员形成"道德绑架"，迫使群体成员去进行非自愿的行动。

"哥们儿义气"导致了很多社会悲剧，让很多人犯下罪行，锒铛入狱，沾染恶行，伤害无辜。酗酒后斗殴多是"哥们儿义气"的产物。

讲"哥们儿义气"的人，做事缺乏理智，仅凭感情行事，在"哥们儿义气"的驱使下，男人会重视哥们儿，轻视他人，易对他人的合法权益造成侵害。

讲"哥们儿义气"的人缺乏独立精神，仅凭自己无法做出任何判断，几乎做任何事都会随波逐流，自己不会对问题分析思考，与家人也缺乏沟通。他们大都会成为"哥们儿义气"的奴隶，也容易被"哥们儿"利用，成为"替罪羊"，做无益的牺牲，有很多人因为"哥们儿义气"家庭破裂，利益高度受损，精神生活也渐渐空虚。

学会分享你的利益

穷人穷怕了，利益来临时，心中往往狂喜，面对大把大把的钞票，怎舍得分一杯羹给别人呢？殊不知，这种吃独食的情况发生过一次，就再也不会有第二次了。

成大事者都明白：一个人独享成果，会引起其他人反感，为下一次合作带来障碍。

美国罗伯德家庭用品公司，八年来生产迅速发展，利润以每年18%~20%的速度增长。因为公司建立了利润分享制度，把每年的利润按规定的比例分配给每一个员工，公司赚得越多，员工分的越多。

员工明白了"水涨船高"的道理，人人奋勇，个个争先，积极生产自不待说，还随时随地挑剔产品的缺点与毛病，主动加以改进。

有福同享，有难同当。你在工作和事业上干出点儿名堂，小有成就，当然值得庆幸，你应当为自己高兴。但这一成绩的取得是集体的功劳，至少离不开他人的帮助，千万别独占功劳，否则他人会觉得你好大喜功，抢占了他人的功劳。

某项成绩的取得确实是你个人的努力的结果，当然值得高兴，他人也会向你祝贺。但你千万别高兴得过了头，一方面可能伤害一些人的自尊心；另一方面，现实社会害"红眼病"的人也不少，过分狂喜，能不逼得人家眼红吗？

卡凡森先生是一家出版社的编辑，担任出版社下属的一个杂志的主编。平时在单位上下关系都不错，工作之余经常写点东西。

有一次，他主编的杂志在一次评选中获了大奖，他感到十分荣耀，逢人便提自己的努力与成就，同事们当然也向他祝贺。

过了个把月，他却失去了往日的笑容。因为他发现单位同事，包括他的上司和下属，都在有意无意地和他过意不去，并回避他。

卡凡森为什么会遇到这种结局？原因很简单，他犯了"独享荣耀"的错误。这份杂志能得奖，主编的贡献当然很大，但也离不了其他人的努力，他们当然也应分享这份荣誉。他们不会认为某个人才是唯一的功臣，总是认为自己"没有功劳也有苦劳"，这位主编"独享荣耀"，当然会引得别人不舒服，尤其是他的上司，更会因此而产生一种不安全感，害怕失去权力。

当你在工作上有特别表现而受到肯定时，千万要记住别独享荣耀，否则会给你的人际关系带来障碍。即使是口头上的感谢也是一种分享，而且你也可以扩大这种"分享"的范围，"礼多人不怪"！别人并不是非得要分你一杯羹，但你主动与人分享，这让旁人有受尊重的感觉，如果你的荣耀事实上是众人协力完成，那你更不应该忘记这一点。你可以采取多种方式与人分享，如请大家吃一顿。别人分享了你的荣耀，就不会和你作对了。

要感谢同仁的协助，不要认为都是自己的功劳。尤其要感谢上司，感谢他的提拔、指导、授权。如果实情也是如此，那你本该感谢；如果同仁的协助有限，上司也不值得恭维，你的感谢也有必要，虽然显得有点儿虚伪，却可以使你避免成为他人的箭靶。

很多人上台领奖时，他们首先要讲的话就是"我很高兴！但我要感谢……"，道理就是如此。这种"口惠而实不至"的感谢虽然缺乏"实质"意义，但听到的人心里也很愉快，也就不会妒忌你了。

有些人一旦获得荣耀，就忘了自己是谁，自我膨胀。这种心情是可以理解的，旁人就遭殃了，他们要忍受你的气焰，却又不敢出声，因为你正在风头上。慢慢地，他们会在工作上有意无意地抵制你，让你碰钉子。有了荣耀时，要更加谦卑。不卑不亢不容易，但"卑"绝对胜过"亢"，就算"卑"得过分也没关系，别人看到你如此谦卑，当然不会找你麻烦，不会和你作对了。

获得荣耀时，对他人要更加客气，荣耀越高，头要越低。另一方面，别老是提及你的荣耀，说得多了，就成了一种自我吹嘘，既然你的荣耀大家早已经知道，何必还总要提及呢？

别独享荣耀，说穿了就是不要去威胁别人的生存，你的荣耀会让别人变得黯淡，产生不安全感。当你获得荣誉时，你去感谢他人，与人分享，为人谦卑，等于让他人吃了一颗定心丸，人性就是这么奇妙，没什么话好说。当你获得荣耀时，一定要记住以上几点。如果习惯了独享荣耀，那么总有一天你会独吞苦果！

如何向外界借势

北宋薛居正在《势胜学》中云："缺者，人难改也。"意思是，天生的缺陷，仅靠自身的努力难以改变。

人无完人，一个人不管有多大的本事，也会有解决不了的问题，完全不借助他人是不可能的事。借势能使弱者变强，强者更强。其实，成功并不是纯粹的个人能力的比拼，而是借势水准高低的结果。借势是借助他人的力量为自己所用，补我不足，这就要求人们正视自己的不足，切莫刚愎自用、自高自大。

荀子在《劝学》中云："君子生非异也，善假于物也。"他说的"假"和"狐假虎威"中的"假"一样，是"借助，凭借"的意思；他所说的"物"，指的是外物。荀子认为：善于借助外界力量的人才是有智慧的人。

向谁借势？

强者当然是首选目标。与普通人相比，强者具有更加广泛的资源可用于调动。有时普通人跑断了腿也不得要领的事情，强者一个电话就可以帮你搞定。

向强者借势，你得先想清楚一个问题：别人凭什么借给你。你要借势，先要给借势者找一个借出的理由，要让对方觉得借势给你是一件值得的事。

借势的方法很多，有很多创新的手法值得我们学习。

有这样一则笑话。外国有一书商为了推销自己的新书，寄了一本给该国总统。该国总统看完后说："是一本好书。"书商便对外宣传说："总统说'是一本好书'。"结果该书非常畅销。第二次，书商又想故伎重演。情知"上当"的总统看完书后故意说："是一本不好的书。"书商又对外宣传说："总统说'是一本不好的书'。"结果该书又是相当畅销。第三次，总统干脆说："简直读不下去！"然而这句话还是令书商大赚一笔。第四次，聪明的总统干脆闭住嘴巴，一言不发。但书商这一次的广告是："连总统都无法做出评判。"结果不言而喻。

这当然是一个笑话，却真实地反映了一个善于借势的聪明人是如何巧妙地借强者拥有的资源的。

英国一家珠宝店开张营业时，"女王陛下"突然驾临。她径直走向珠宝首饰柜台，并对周围惊喜交加的人们点头招手，风度翩翩，进退有度。"女王御驾"光临的消息不胫而走，之后前来参观、选购的人群骤然增加，该店铺一夜成名。

后来，人们才知道，那天"光临"的并不是"女王陛下"，而是一位面貌酷似女王的女士。然而，珠宝店扬名的目的却达到了。

当然，"女王"是珠宝店聘请来的，但因珠宝店及"女王"，自始至终都未声称她（我）是女王，因此，也不存在侵犯名誉这一法律问题。

间组建设公司老板神部在与客户打交道时发现，客户不把自己的公司看作一流的大公司，所以处处遭人冷眼，与人谈生意都会矮三分，本来十拿九稳的生意转眼就被别人抢走了。

神部心生一计，他向日本大报刊送去可观的广告费，请求把自己的公司和五大建设公司同等对待，不论是进行报道还是刊登广告，都一律并称"六大建设公司"。"六大建设公司"的广告刊登出来了，明白事情真相的业内人士对神部的做法明嘲暗讽，他一概置之不理。而铺天盖地的"六大建设公司"的宣传，又让更多不明真相的人们信以为真，以为间组建设公司真的是日本一流的大建设公司。

尽管神部的下属对此都深感不安，但神部自有他的打算：他要用这个办法让别人真的冲着他那"六大建设公司"之一的虚名慕名而来。

他的计策成功了，随着"六大建设公司"的宣传步步深入，慕名而来的客户也越来越多。当然，间组建设公司还是具有一定的规模及服务水准的，能够以周到的服务让顾客满意而去。公司业务不断发展，许多原先比间组建设公司强大的公司都被一一赶超。3年后，间组建设公司终于与那五大建设公司并驾齐驱，成了日本真正的第六大建设公司，再也没有人对神部指手画脚、冷嘲热讽了。

如果没有神部借助其他五大建设公司之势抬高自己计策的成功运用，间组建设公司只怕至今还与二三流建设公司挤在同一战壕里，为一宗小生意而进行殊死搏杀。虽然神部此计有自欺欺人之嫌，而且还被一些知情人骂为"骗子"，但他和那些制假销假的公司还是有本质上的不同。他这样做的目的并不是为了以假冒伪劣产品来欺蒙消费者，而是凭借公司的实力，来为自己争取更高的声望和更好的收益。作为一种经商手段，这毕竟体现了不可多得的智慧光芒，还是应该予以肯定的。

日本的公司借助同行佼佼者的"势"，美国运通公司则把

"势"借到了自由女神身上。这家经营信用卡的公司当然不是给自由女神办信用卡，而是发起一场为修复破损的自由女神像筹资的运动。该运动是一项在全国范围内进行的带有慈善性质的销售活动。该公司大肆宣传，说该公司信用卡持有者每购买一次物品，它便捐助一美分给自由女神像修复工程；每增加一位申请该公司信用卡的新客户，它也捐助一美分。最后，该公司为自由女神像修复工程筹集了170万美元的免税费用，与此同时，使用和申请该公司信用卡的人数也随之猛增。前者比以前增长28%，后者增长了45%。

由该公司委托的对持有运通信用卡的人士进行的电话调查表明，受调查者全都了解这一广为宣传的推销活动，其中许多人说，之所以接受运通公司的宣传，是为了促进修复女神像和帮助运通公司成就这一"美好事业"。运通公司借助自由女神的名目，达到了利国利民利己——典型的"三赢"，可谓技高一筹。

我们在说"强者"与"弱者"时，戴的是世俗的眼镜。聪明的人都知道：尺有所短，寸有所长。"势"绝不是只有强者才拥有的，弱者也有他的优势，这同样是不容忽视的，谁都不可小看。

向弱者借势，如《势胜学》中告诫人们："借于弱，予不可吝。"意思是，向弱者借势，虽给予却不可吝啬。给予对弱者来说，是雪中送炭，也是他们最需要的，对此若慷慨大度，回报便愈加显著。

北宋仁宗时，将军狄青屡建战功，威名远播。仁宗想要召见他，正赶上敌人侵犯渭州，仁宗于是取消了召见，下令狄青攻击敌人，传旨说："朕欣赏将军，将军尽可立功杀敌，如有捷报，朕定有赏赐。"

狄青杀退了敌人，仁宗立刻任命狄青为真定路副都总管。有的大臣轻视狄青的出身，上奏说："狄青出身行伍，因罪被充军，至今脸上仍保留着充军时所刺的字。如此卑贱之人只可利用，不可重用，否则，世人只会议论陛下用人不当了。"

　　仁宗气愤地答道："只论出身，不论战功，有谁还会为朕卖命呢？朕的国家完全靠忠臣、功臣来保卫，朕当然不能冷落了他们。"

　　仁宗极力提拔狄青，狄青先后做过侍卫步军殿前都虞侯、眉州防御使、步军副都指挥使、保大安远两军节度观察留后、马军副都指挥使等官，十多年就位居显贵行列。

　　狄青深明仁宗的恩义，他常对部下告诫说："皇上不介意我的出身，我之所以有今天，都是皇上所赐。皇上乃明君，我们都要誓死报效、英勇杀敌。"

　　就这样，仁宗毫不吝啬地封赏狄青，换得的则是狄青拼死以报知遇之恩。

给人好处不要声张

　　穷人帮别人忙，特别是帮别人大忙的时候，觉得是自己能力的体现，常到处宣扬。

　　这种态度是很危险的，常会引发负面的后果：帮了别人的忙，没有增加自己人情账户的收入，因为这种态度，把这笔账抵消了。

　　古代有位大侠郭解。有一次，洛阳某人因与他人结怨而心烦，多次央求地方上有名望的人士出来调停，对方就是不给面子。后来他找到郭解门下，请他来化解这段恩怨。

　　郭解接受了这个请求，亲自上门拜访委托人的对手，并且做了大量的说服工作，使这人同意了和解。

　　照常理，郭解此时不负人托，完成了化解恩怨的任务，可以走人了。但是，郭解还有高人一招儿的棋，有更巧妙的处理方法。

　　讲清楚后，他对那人说："这个事，听说过去有许多当地有名望的人调解过，但因不能得到双方的共同认可而没能达成协议。这次我很幸运，你也很给我面子，我了结了这件事。我在感谢你的同时，也为自己担心，我毕竟是外乡人，在本地人出面不能解决问题的情况下，由我这个外地人来完成和解，未免使本地那些有名望的人感到丢面子。"

　　他进一步说："这样吧，请你再帮我一次，表面上要做到让人以为我出面也解决不了这个问题。等我明天离开此地的时候，本地的几位绅士、侠客还会上门，你把面子给他们，算作他们完成此一美举吧，拜托了。"

人都爱面子，你给他面子是给他一份厚礼。

有朝一日你求他办事，他自然要"还回面子"，哪怕感到为难或感到不是很愿意。这便是操作人情账户的精义所在。

人们总是尽其全力来保持脸面，为了面子，可以做出常理之外的事。

帮忙时应该注意：不要让对方觉得接受你的帮助是一种负担；要做得自然，也就是说在当时对方或许未清楚地感受到，但是日子越久越体会出你对他的关心，能够做到这一步是最理想的；帮忙时要高高兴兴，不可以心不甘、情不愿的。

如果帮忙时觉得很勉强，意识里存在着"这是为对方而做"的观念，或者如果对方对你的帮助毫无反应，你一定大为生气，认为"我这样辛苦地帮你忙，你还不知感激，太不识好歹了"！这样的态度和想法，不要表现出来。

如果对方也是一个能为别人考虑的人，你为他帮忙的种种好处，绝不会像打出去的子弹一去不回，他一定会用别的方式来回报你。对这种知恩图报的人，应该经常给他些帮助。

人际往来，帮忙是互相的，不可像做生意一样赤裸裸地，一口一个"有事吗""你帮了我的忙，下次我一定帮你"。

忽视了感情的交流，会让人兴味索然，彼此的交情也维持不了多长时间。

要讲究自然而然，不故意"打埋伏"，以免被别人认为：和他做朋友，如果没用处，肯定会被一脚踢开！

办事的时候应该将心比心。想要别人怎样对待自己，自己就要先那样对待别人。不少人办事时抱着"有事有人，无事无人"的态度，把对方看成受伤后的拐棍儿，身体康复后便随手扔掉。这种人大多数会被别人抛弃。他求人帮忙办事时，相信没有人愿意帮助他。

人与人之间没有互信互助，就没有互惠互利；没有较深的感情，就没有彼此的信任。

在与人交往中要重视感情投资，不断增加感情，就是积累信任，保持和加强亲密互惠的关系。

人是极富感情的动物。在感情的账户上储蓄，就会赢得对方的信任，当你遇到困难或求人办事，需要对方帮助时，就可以得到这种信任换来的鼎力相助。

生当陨首，死当结草；女为悦己者容，士为知己者死。这就是感情投资的结果。

真诚待人，广交朋友

乔·吉拉德是世界上卖掉汽车最多的超级销售员，15年里卖出13万辆汽车。最多的一年卖了14250辆，创造的纪录收入了《吉尼斯世界纪录大全》。

乔·吉拉德到底有着怎样的营销策略，从而创造了惊世的业绩呢？

广结客户，是他营销策略的核心。

乔·吉拉德自己总结了一个"250定律"。乔·吉拉德认为，每一位顾客身后大约都站着250个人，这些人是他比较亲近的同事、邻居、亲戚、朋友。如果您赢得了一位顾客的好感，意味着赢得了与这位顾客比较亲近的250个人的好感；如果你得罪了一名顾客，也就意味着得罪了250名顾客。

由于连锁影响，如果一个推销员从年初开始一个星期里见到50个人，有两个顾客对他的态度不满意，到了年底，就有26000个人不愿意和他打交道。

由此，他得出结论：在任何情况下，都不要得罪哪怕是一个顾客。

当一个陌生人逐渐变成了自己认识的人之后，乔·吉拉德又是怎样对待的呢？

乔·吉拉德认为，所有自己认识的人都是可能的客户。对每个客户，他每年大约寄上十二张明信片，每张的色彩及形状都不同，并且在信封上尽力避免使用与他的行业有关的名称。

元月，他展现的是一幅精美的喜庆气氛图案，上书"恭贺新禧！"下面是一个简单的署名："雪佛兰轿车，乔伊·吉拉德上。"此外再无多余的话。即使遇上年底大拍卖期，也绝口不提买卖。

二月份，写的是："请您享受快乐的情人节。"下面仍是简短的签名。

三月份，信中写的是："祝你圣巴特利库节快乐！"。

圣巴待利库节是爱尔兰人的节日。也许你是波兰人，或是捷克人，但这无关紧要，关键是他不忘向你表示祝愿。

然后四月，五月，六月……

不要小看这些明信片，它们起的作用可不小。

不少客户一到节日就会问夫人："过节有没有人来信？"

"乔·吉拉德又寄来了一张明信片！"

这样，每年的十二个月中就有十二次机会，使吉拉德的名字在愉悦的气氛中来到每个家庭。

吉拉德只是向人们表达他的关心之情，从不说："请你们买我的汽车吧！"

这种真诚的祝福、问候和不说之说，反而给人们留下了深刻而美好的印象。等到他们打算买汽车时，往往想到的第一个人就是吉拉德。

不认识的人，他也有办法让彼此认识，甚至成为他的客户，当然，这要通过认识的人介绍了。

他是怎样让人主动为他介绍的呢？

连锁介绍法是他使用的方法之一。任何人介绍客户向他买车成交后，他都会付给介绍人25美元。25美元虽不多，但也足够吸引一些人，毕竟只随口说说，就有可能赚到25美元。

哪些人能当介绍人呢？

当然每一个人都能当介绍人，可是有些人的职位，更容易介绍大量的客户，乔·吉拉德指出银行的贷款员、汽车厂的修理人员、处理汽车赔损的保险公司职员，这些人几乎天天都能接触到有意购买新车的客户。

当然，那些做介绍人的，又怎样才能相信乔·吉拉德呢？这就是乔·吉拉德严格讲究诚信的结果。乔·吉拉德说："首先，我一定要严格约束自己'一定要守信''一定要迅速付钱'。

"例如当买车的客人忘了提到介绍人时，只要有人提及曾介绍约翰向我买了部新车还没收到介绍费，我一定告诉他：'很抱歉，约翰没有告诉我，我立刻把钱送给您，您还有我的名片吗？麻烦您记住介绍客户时，把您的名字写在我的名片上，这样我可立刻把钱寄给您。'

"有些介绍人，并不一定要赚取这25美元，坚决不收下这笔钱，因为他们认为收了钱心里会觉得不舒服，此时，我会送他们一份礼物或在好的饭店安排一顿免费的大餐。"

乔·吉拉德自己总结出的"250定律"告诉我们：

一定要善待身边的每一个人，这是因为每一个人的身后，都有一个相对稳定的、数量不小的群体。你善待一个人，就像是点亮了一盏灯，照亮的可就是一大片了。

另一方面"250定律"告诉我们：任何情况下，都不要得罪哪怕是一个顾客。

其实，要和人相识，不像想象的那么困难，就是结交地位较高的人也是如此。

尤其是穷人，更可以无所顾虑地和地位较高的人亲近。

美国有一位名叫阿瑟·华卡的少年，在杂志上读了某些大实业家的故事，很想知道得更详细些，并希望能得到他们对后来者的忠告。

有一天，他跑到纽约，也不管几点开始办公，早上7点就到了威廉·亚斯达的事务所。第二间房子里，华卡立刻认出了面前那体格结实、长着一对浓眉的人是谁。高个子的亚斯达觉得这少年有点儿讨厌，然而一听少年问他："我很想知道，我怎样才能赚得百万美元？"他的表情变柔和并微笑起来，俩人谈了一个钟头。随后亚斯达还告诉他该去访问的其他实业界的名人。

华卡照着亚斯达的指示，遍访了一流的商人、总编辑及银行家。在赚钱这方面，他所得到的忠告并不见得对他有所帮助，但是能得到成功者的知遇，却给了他自信。他开始仿效他们成功的做法。

过了两年，这个20岁的青年成为他当学徒的那家工厂的所有者。

24岁时，他成为一家农业机械厂的总经理，为时不到5年，他就如愿以偿地拥有百万美元的财富了。这个来自乡村粗陋木屋的少年，终于成为银行董事会的一员。

华卡活跃于实业界的67年中，实践着他年轻时来纽约学到的基本信条，即多与有益的人相结交。会见成功立业的前辈，能转换一个人的机遇。

怀特是美国印第安纳州小乡镇上的铁道电信事务所的新雇员。

16 岁时他就决心独树一帜。27 岁时他当了管理所所长。后来，先是西部合同电信公司，接着他成为俄亥俄州铁路局局长。当他的儿子上学就读时，他给儿子的忠告是："在学校要和一流人物结交，有能力的人不管做什么都会成功……"

你也许会觉得这句话太庸俗。其实，把有能力的人作为自己的榜样并不可耻。朋友与书籍一样，好的朋友不仅是良伴，也是我们的老师。

我们可以从劣于我们的朋友那里得到慰藉，但必须获得优秀的朋友给我们的刺激，以助长勇气。

大部分朋友都是偶然得来的。我们或者和他们住得很近，因而相识；或者是以未曾预料的方式和他们相识了。结交朋友虽出于偶然，但朋友对个人进步的影响却很大。事业成功的人，大多数都需要有比自己优秀的朋友不断地刺激自己力争上游。

双赢才是最好的关系

穷人做生意往往考虑的是尽可能从对方身上赚取更大的利润，从不考虑这种生意能够持续多久。下面来看看犹太人是如何实现"双赢"的吧。

莱曼兄弟经营着一家历经 150 年的美国犹太老字号银行。

20 世纪 70 年代末，这家银行一年利润额高达 3500 万美元，而它的创业更具有传奇色彩。

1844 年，德国维尔茨堡的一个叫亨利·莱曼的人移居美国，在南方居住一段时间后，就和自己的两个弟弟——伊曼纽尔和迈耶定居在亚拉巴马，并开始做杂货生意。

亚拉巴马是美国的一个产棉区，农民手里只有棉花，因此，莱曼兄弟就积极鼓励农民用棉花代替货币来交换日用杂货。

这样做法是不是不符合犹太商人一贯的"现金第一"的经营原则呢？

莱曼兄弟把账算得很清楚，他们认为：以商品和棉花相交换的方式，不但能吸引那些没有现金的顾客，而且能扩大销售量；在以物换物并处于主动地位的情况下，能操纵棉花的交易价格；经营日用杂货本来就需要进货运输，现在乘空车进货之际，顺路把棉花捎去，还能节省一笔较大的运输费。

这种经营方式可说是"一笔生意，两头赢利"，买卖双方都有得赚，何乐而不为？

　　商业经营活动中，犹太人对理性算计特别感兴趣，即合理追求效益或者叫作投入产出比。

　　犹太人在经营活动中不仅追求高产出，而且追求一次或一项投入可以有多次或多项产出。

　　美术商贾尼斯在对待顾客方面，特别注意招徕潜在顾客，特别是那些公关学校或大学中的女孩子。

　　这些女孩子即将步入社会，一旦培养出她们对现代美术的兴趣，那么不仅她们会经常光顾，将来她们还会偕同自己的丈夫来购买美术品。

　　在买卖中把握双赢的技巧，这不仅是莱曼兄弟的经商手段，也是大多数犹太商人采用的手段，从而使得他们的生意越做越大。犹太人这种"一笔生意，两头赢利"的赢钱之道是符合现代经商原则的。

第三章
努力之后，你要敢于索取回报

中国人一般都是羞于谈钱、谈利益的。很多人总是羞羞答答，觉得谈钱是一件伤感情的事情。但实际上，争取属于自己的利益是天经地义的事，这跟道德无关，跟人品无关。所以，在努力之后，你要敢于去索取回报，让自己的努力不被浪费。

逐利是人的本性

战国末期，秦国在昭襄王时，攻城略地日渐强盛起来。当时距统一六国还相差甚远，有时还需要妥协、结盟、戒备，甚至为了取得对方的信任，一国之君还把自己的王子送到对方作为"质子"，也就是人质。秦昭襄王的孙子异人就被当作人质送往赵国。

异人被送往赵国时，他的祖父昭襄王还在位，他的父亲安国君，即后来的秦孝文王为太子。安国君宠爱华阳夫人，但她却无子。而安国君其他妃子则共有子20余人，其中异人则为夏姬所生。可是因夏姬失宠，所以处在赵国的异人处境就十分危险。正在异人走投无路之时，一个对异人、对秦国乃至对整个中国历史发展皆有重大影响的人物出场了。他抓住历史给予的机遇，为了实现他那"建国立君，泽可以遗世"的野心，起初用金钱铺路，继而用美女传宗，最后不仅官至丞相，甚至还通过美男计控制王太后，权倾朝野，以帝国之父自居。他就是大名鼎鼎的卫国大商人吕不韦。

正当秦公子异人作为人质，落难在赵国时，吕不韦来到赵国经商，在邯郸结识了这位处境窘迫的落难公子。了解一些情况后，他认为此人"奇货可居"，大有用途。于是便返回老家与父亲商议。

吕不韦问他父亲说："父亲大人，农民一年到头，日出而作，日落而息，辛苦一年，能获利多少？"吕父听儿子突然提出这样的问题，觉得有些奇怪，但也并未多想，回答道："这要看年景如何，如遇上丰年，可获利十倍。"吕不韦又问："那么商人经商，而且是买卖珍贵的珍珠、宝玉、绸缎之类能获利多少？"吕父答道："如果经营得当，可获利百倍。"吕不韦紧接着再问："那么，如果能拥立一国之君，能获利多少呢？"吕父被儿子这第三问弄得有点儿糊涂了，就反问道："你这是什么意思？有什么想法直说好了。"吕父显出不高兴的样子。吕不韦便把在赵国结识秦公子异人的事和自己的打算说了一遍。吕父说："这可是一本万利啊，但也是要冒极大风险的。"吕不韦想：要获利哪有不冒风险的，本来就是利大险也大，而巧遇异人，这可是千载难逢的机遇。弄得好，说不定会成为万户侯，就是失败了，也只能算是经商赔光了本钱，还能如何，往最坏处想，把命搭上，也只能算是在经商途中遇上了杀人越货的强盗。无论如何，这个机会一定要好好把握。他决心把用来经商的钱投资到这个"奇货"上，于是携带千两黄金速回邯郸。

这一天，郁郁寡欢、愁肠百结的异人正在房中暗自吞泪，悲叹自己身在异地、举目无亲、穷困潦倒的命运。忽听外面有人叫道："公子，有客人求见。"

异人赶忙拭泪出迎，原来是新近结识不久的大商人吕不韦。彼此见面的瞬间，善于察言观色的吕不韦立即看出异人是从悲愁中勉强装出欢颜，便开门见山地说："公子，外面阳光明媚，这难得的好天，一个人独坐在房中岂不烦闷？"

"吕君有所不知，越是思乡心切，越怕到外面触景生情。"异人镇定有礼地回答。

"总是这样下去也不是办法，得想办法回到秦国去，现在昭襄王年事已高，驾崩后将是太子安国君继承王位。可安国君所宠幸的王妃华阳夫人无子，未来太子属谁，暂不能确定，公子在20余人中，排行虽属中间，但只要想办法打通华阳夫人，让她说服安国君立你为嫡子，未来的秦王就非你莫属了。"

吕不韦一席话，令异人心动不已，但他转念一想，凭我一个客居他乡的异乡客，有什么办法能打通华阳夫人呢？想到此，也就把自己的顾虑和盘托出：

"吕君，我们虽相识不久，但我看出，你确实想要帮我脱离困境。认识你，实乃我三生有幸，我将永世不忘。不过，又如何能说服华阳夫人认我为子，立为嫡嗣呢？"

吕不韦说："这好办，我虽不是家有万贯，但多年经商，金钱还是有些，我可用金钱为你铺路，俗话讲得好，有钱能使鬼推磨嘛！"异人深为感动地说："就算吕君慷慨解囊，助我以金钱，但又有谁能为我效劳，肯去打通华阳夫人呢？"吕不韦说："你我既已引为朋友，就应该有福共享，有难同当。西向去秦游说华阳夫人，只能由我来承担了。"异人真是感激万分，当即与吕不韦约定，如真能事成，自己成为秦国国君，愿与不韦共管秦国，拿出一半国土酬劳不韦。

吕不韦当下拿出黄金500两交予异人，并说："这500两黄金留给你，用来结交贤能之士、有用之人，收买自己的党羽。另外500两黄金，我将携带西行入秦。"异人感激涕零地千恩万谢后，两人便开始分头行动。

吕不韦在西向秦国的一路上，不惜重金，购买奇异珍宝及大量贵重礼物。到了咸阳后，先是了解情况，打听门路。最后决定先从华阳夫人的弟弟阳泉君入手。吕不韦见到阳泉君，就当头棒喝，说君将大祸临头。阳泉君问何以见得。吕不韦则大讲其姐无子，一旦安国君驾崩，必由别人即位，那样华阳夫人一家岂能有好。当阳泉君问有何良策时，吕不韦则以三寸如簧之舌，大讲异人如何贤明，如何思念华阳夫人，又如何渴望归国。既然夫人无子，而异人无国，那么收异人为子，异人既能归国又能继安国君的王位，他必将肝脑涂地地为华阳夫人效劳，且忠心永不会改变。阳泉君觉得吕不韦说得十分有理，于是亲自去说服华阳夫人收异人为子，并立为王嗣。

接着吕不韦再用金钱买通华阳夫人的姐姐，将带来的珍宝委托她代表异人献给其妹妹。

华阳夫人听了弟弟和姐姐的话后，立即召见吕不韦，询问异人在赵国的情况，并决定说服安国君，立异人为太子。

后来，异人果然成为秦国的国君，为今后统一中国打下了基础。

善意的谎言并非不可饶恕

某些欺骗并不是一种不可饶恕的行为，比如糊涂就是一种可以饶恕、可以理解的伪装术。所以，在商业交往中，糊涂和欺骗作为一对无奈的伎俩，常常被人们拿来使用。

在21世纪20年代，日本横滨有一位做空头生意的煤炭商山下龟三郎。他没有足够的资金，只有一个不景气的小煤炭店，却又想做大生意赚大钱，他整日寻思办法，倒还真想出了一个点子。

他把自己的小煤炭店作抵押，向银行借了一笔钱作活动经费，开始实施他的计划。他打听到神户新开张了一家烟炭商会，老板松永靠他父亲福泽的巨资来经营，很有实力。山下想同松永做生意，但位卑财弱，挨不上边，于是他拐弯抹角，认识了松永的父亲福泽从前的一个老部下秋原，并请秋原修书一封，去走松永的后门。山下拿到秋原的信后，先是来到神户最豪华的饭店西村饭店，订了一桌宴席，然后请饭店服务员拿上他的请帖和秋原的信去请松永。松永看了秋原的信，二话没说来到西村饭店。

山下热情地迎接了松永，并把松永称颂了一番，然后才谈到正题上。他的意思是要松永向他提供大批煤炭，由他转卖给阿部老板开办的煤炭零售店。松永害怕受骗，犹豫不决。因为这样干，山下不付分文，不承担任何风险，有风险的人是他自己。

山下早料到松永会犹豫，他把一位女服务员唤了过来，对她说:"明天我到大阪炮兵工厂去办事，请你帮我买点神户特产瓦煎饼来。"说着从怀里掏出一叠10万元一张的钞票来，随手抽出两张递了过去，然后又抽出一张递去说:"这是给你的小费。"

松永在一旁看了，暗中吃惊，断定自己是遇上了一位百万富翁，于是当场表示愿意发货，生意成交了。

山下向松永表示了感谢，便推说有点儿小事，急步走出餐厅来，追上了那位服务员，把那30万元全部都讨了回来。晚宴过后，他立即启程赶回横滨，他住不起西村饭店的豪华房间。

从此以后，松永把煤炭发给山下，山下再转卖给阿部，收款后再交给松永。就这样，年复一年，山下发了大财，改行当上了日本的汽船大王。松永也成为日本电力企业巨子。当年山下表演的那场"精彩的欺骗"，不仅成了二人茶余饭后的笑料，而且也成了松永赖于战胜商场艰险的精神动力和营生谋略。

欺骗，通常是一种不可饶恕的恶意行为，但它也有例外的时候。特别是当我们希望得到人们理解，而不得不采取某些手段接近对方时，善意的欺骗也许是不得不做的事。

多看一点儿长远利益

毫无疑问，做生意是要追求利润的。但有时经商的策略错了，就会被人看作是在赚取不义之财。在这种情况下，商人要有一个清醒的认识，你究竟是需要眼前的利润，还是需要长久的信用，放弃眼前的利润，乍一看好像是糊涂招儿，但从长远来看却是一步高棋。

早在几十年前，麦当劳连锁店就曾经遇到这样一个难题。在当时，麦当劳以高价卖出地区连锁权被视作"牟取暴利"，而卖器材、原料给加盟人，从中合理赚取利润，更是被看作"不正当谋利"。这使克洛克十分苦恼，后来，这位麦当劳的创始人想出了妙计。他的想法是，如果麦当劳能够以房地产赚取利润那就与以往大为不同了，麦当劳牟取暴利的形象就会改观。

克洛克决定，麦当劳在加盟者成功地赚取高额的营业额之前，只收取数量很低的基本租金。

随着营运状况的好转，到了一定标准的时候，租金才由基本的标准转换为前面规定的那种按营业额的百分比计算。

当然，只有等到连锁店开始有能力缴纳营业百分比组成的租金时，麦当劳才开始回收租金。

这种计算方法，使得加盟者与总公司之间不再有利益冲突。

相反的，大家站在了一个立场之上！

对于麦当劳来说，要想增加收入，就必须督促每一个连锁店的营运，以增加它们的营业收入。麦当劳在出售连锁权、收取权利金上所得的收入，还不及其他连锁企业多。但是由于公司的收入几乎完全依靠各个餐厅的营业额，所以它非常鼓励各店打开销售渠道。

通过这些努力，麦当劳店保持了原有的经营三要素——O（品质）、S（服务）、C（卫生）。麦当劳终于把自己的房地产业当作一个金矿开始营业了。

从此以后，麦当劳并不仅仅是一个速食公司，更是一家房地产公司。房地产投资还为麦当劳公司的扩张带来了大量的贷款。在这方面，麦当劳还捡了便宜。它在郊区的房地产，大多是在美国商品市场正往郊区发展时用低价买得的。这下可好，后来房价越涨越高，当然麦当劳在房地产上得到的就越来越多。

与此相反，麦当劳的竞争者们都忽略了房地产。事实证明，克洛克投资房地产的决策是正确的。

虽说现在是"天下熙熙，皆为利来；天下攘攘，皆为利往"的时代，但坚持把"义"与"利"统一起来放在首位的企业家仍然占了绝大多数。例如，方正集团负责人张兆东虽然宣称"企业挣不到钱一切都是瞎掰"，然而他在赚钱求利的商业动机中一直坚持义利并重，"利"要符合"义"的规范。在张兆东眼中，这个"义"不仅指商业经营中的正当手段，还包括一种诚信、善意、积极为对方着想的经商态度。

关于公司与客户的关系，张兆东从来不把公司与客户看成是两个利益对立的主体，而是尽量站在用户立场上替用户着想，建立起一种朋友关系。诚然，公司要从客户处赚钱，但这绝不意味着要把客户口袋里的每一分钱都掏出来，张兆东总是尽量给客户留下一些。当客户准备买东西时，他也并非像许多商家那样把价钱高的产品推销给客户，而是本着"够用就行"的原则，从每个用户的特定情况考虑，向他们推荐适合的设备配置；如果有客户要求增加配置，他还会劝客户等不够用的时候再来买。若是遇到客户所带钱款不够时，张兆东还会给他大幅优惠，尽量使用户能即时买到中意的设备。

张兆东上面所做的事情都不是他的义务，而是本着善意的原则替客户精打细算地考虑。对此，或许有些人持不同见解，认为公司没有必要如此周到地替用户打算，公司只要保证其产品质量与售后服务等基本义务就行了。至于能赚客户一笔的时候就应毫不迟疑地赚一笔的观点也不能说是错误的，但是如果仔细体味一下张兆东的做法，就不难看出此中蕴含着他的聪明之处。

张兆东的做法无疑会使他每做一笔生意就结交一个朋友，而当用户认可了方正产品之后，就会有意或无意地替方正做宣传。"用户为我们做的宣传比我们自己的宣传效果要好得多。"张兆东如是说。

当然，或许有人觉得这样理解张兆东的做法会太功利主义，那么就单纯把它看作一种诚信、善意的行为，张兆东使充满金钱关系的商业行为笼罩上了一层人情味，这种良好的市场氛围即是在他的"糊涂经"中创造出来的。

学会蛰伏，等待机会的降临

大凡一个有抱负、有才华的人，要实现自己的目标，在无所作为的时候，总是能忍受等待的种种煎熬。春秋战国时期有三位杰出人物，其所作所为就是能忍成大谋的表现。他们是卧薪尝胆的勾践、装疯吃苦的孙膑、佯装死去的范雎。受中国传统文化影响的中国商人们大都继承了中国人特有的"忍"的品格。这一点是西方商人所无法比拟的。

著名商人张荣发的发迹历程，有一段相当漫长和曲折的故事。他在日本船上从当杂工开始，后来才成为正式水手。在艰苦的水手工作中，他坚持勤奋学习和工作，知识和技术得到不断的长进，逐步晋升为二副、大副直至船长，这为他全面熟悉海运业打下了良好的基础。

张荣发是个胸怀壮志的青年，他从小立志要自己创一番事业。尽管环境不佳，他却不灰心，决心奋斗、忍耐，相信只要功夫到，时机会酬劳他的。他读书虽不算多，但对孔子所说的"小不忍则乱大谋"很有体会。

从打杂工到船长，在文字表达上仅仅用了几个字，然而，张荣发在奋斗过程中，却足足用了23年时间。就这样，他忍受了23年的艰苦单调的海上生活，积累了一点儿钱，于1968年开始自己创业。起步时他买了一艘残旧的洋船，航行于美国和远东之间。他既是老板，又是船上的船长，亲自指挥航行。

经过 20 多年海上"卧薪尝胆"的生活，他成立的长荣海运公司十分了解货主的需求和市场行情，做到服务优良，样样令顾客满意。因此，他生意兴旺，盈利可观。没几年时间，长荣公司的货轮增至 3 艘，并增辟了远东至波斯湾的定期航线。到 1975 年，张荣发已积累了不少资本，他注意到海运业竞争激烈，于是决定摒弃旧式货船，逐步建立起新式快速的货运船队，以快速、安全、廉价和优质服务参与竞争。此招果然灵验，其生意一马当先，迅速发展。1982—1983 年，世界航运业再次陷入低潮，很多航运商难以为继，被迫倒闭或压缩业务。有卓见的张荣发认为这是短暂现象，于是利用这个机会以 7 亿美元收购 24 艘全箱远洋货轮，迅速壮大自己的船队，乘势开创环球东西双向全箱货运定期航线，取得了史无前例的成功。经过这么一番人退我进、人弃我取的发展，到 20 世纪 80 年代末，张荣发成为世界有名的船王。他拥有10 多家规模庞大的公司，在世界五大洲几十个国家和地区有分公司或办事处，旗下有 66 艘大型货轮，总吨数达 210 万吨。

张荣发忍耐了 23 年的打工生涯，再用 20 来年创业，终于成为一位世界级富豪。据《福布斯》杂志介绍，他的财富已达 21.5亿美元。

无独有偶，香港著名商人刘永浩也是卧薪尝胆，小忍成大谋的典范人物。

1969 年，由于家庭不幸发生了变故，年纪未满 17 岁的刘永浩被迫离开心爱的学校，只身一人步入社会大舞台，成为"近藤日本食品公司"的一名学徒工。

刘永浩懂得"不吃苦中苦，难为人上人"的中国古训，开始了11年漫长而艰辛的学徒生涯。他忠心耿耿、勤奋努力，业余时间仍不忘充实自我，努力学习知识，终于从一个被人瞧不起的学徒一步步晋升为营业部经理。他在长期的实践当中，渐渐形成了全新的理念——人们的饮食习惯正随着世界一体化格局的形成，发生着交融变化，人类将进入一个更加文明科学的"杂食时代"，在中西方饮食的大差异的间隙中，日式食品必将率先风靡"港九"。

带着这种理性的科学预见，刘永浩果敢地辞去了"近藤日本食品公司"的工作，放弃了又一次升迁的机会，有的放矢地仔细寻觅"自树旗杆自创业"的最佳契机。

28岁的刘永浩说干就干，与两位良朋益友联手攻关，集三人的资本5万港元，创办了专事日本食品代理及批发业务的"三本贸易公司"。独特的公司名号，不仅体现出三人合股创业的经营特性，而且洋溢着浓厚的日本气息。

真是好事多磨，当公司即将正式挂牌开张前夕，两位好友却以"日式食品尚未流行，投资风险太大，弄不好会鸡飞蛋打"为由，置昔日交情于不顾，突然撤走了本金。此时的刘永浩也可以抽身而退，避免一个人投资经营的风险。可他认定了这条路，不管前面是险滩还是荆棘，他誓不低头，最终，好不容易向亲朋好友借贷了5万港元，凑足了启动资金，公司开张营业了。为予最大限度地减少开支，他不得不集老板和伙计于一身，事事、时时、处处"一脚踢"，不仅听电话、接订单、送货物、收账款，而且亲自设计"三本贸易公司"的企业标识。就连公司的办公场所，也是借用好友房间的一个角落！

"功夫不负有心人"，刘永浩利用在近藤工作时培养的关系，从友人手中接下了半卖半送的一批积压日式食品，然后亲自去尖沙咀超级市场苦苦推销，竟然出人意料地赚取了一倍利润的"对本对利"。这次营销活动的意外成功，极大地增强了刘永浩经营日式食品的信心和决心。之后，他的业务量日渐扩大，营销利润逐步上升，客户越来越多。刘永浩开动脑筋，认为要创新才能生存。他大胆引进纯正日本风味的金针菇，试图取得"中西合璧成一统"的最佳经营效果。他先将金针菇送到"方荣记"和"四季火锅"两大中式饭店试用，食客的反映颇佳，迅即成为各大中式饭店首选的日本蔬菜，并被普通家庭看好。后来，刘永浩每月引进推销金针菇多达两吨以上，成为香港食用菌类食品领域的"金牌杀手"。

于是，刘永浩乘着金针菇引进促销大获全胜的浩荡东风，接二连三地增加经营品种，先后从日本进口了蟹柳、八爪鱼等日式食品，并趁势扩展了销售网络，一跃成为香港日式食品业界崭露头角的巨子。

犹太人也十分善于运用"忍"，他们在长期的受迫害中所积累的忍耐精神，应用到今天犹太人的商务活动乃至处世哲学中，获得最终的成功。

古人指出："忍一点晴空万里，让三分海阔天空。"犹太人也这样讲："人的细胞每时每刻都在变化，每天都会更新。昨天生气的细胞，已为今天新的细胞所代替。酒足饭饱后所思考的内容，与饥肠辘辘时所考虑的也不一样。我仅仅在等你的细胞的更替。"同样，在经营活动中，日本人能忍耐的性子也是闻名于天下的，他们能不厌其烦地等待对方的确认或改变态度。但是，日本人的忍耐是基于合算和有发展前途的事物和买卖，当他发现不合算或没有发展前途时，不用说三四年，哪怕是三四个月，也不会等待下去。

犹太人在任何投资和买卖活动中，事前必定做周密的可行性研究，他们一旦决定做某项买卖或投资，必定制定短期、中期和长期的计划。这三套计划做好灵机应变的策略，以观事态的发展而相应采用。

犹太人考夫曼能成为股市"神人"，是他顽强忍耐的结果。考夫曼 1937 年出生于德国，1946 年随父母迁居美国。他刚到美国时不懂英语，进入学校读书十分困难。但他很有耐性，不怕别人嘲笑，大胆地与美国小朋友交谈，从中学习英语。他还利用课余时间补习英语，吃饭和走路时也背英语词句。半年时间过去了，他能熟练地讲英语了。他家境不佳，却以半工半读的形式读完了大学，并获得了学士、硕士和博士学位。在工作中，他不辞劳苦，刻苦钻研，从银行的最底层做起，直至成为世界闻名的所罗门兄弟证券公司的主要合伙人，首席经济专家和股票、债券研究部负责人。他对股市料事如神，成为美国证券市场的权威之一。

巴拉尼是生于奥地利维也纳的犹太人，他年幼时患了骨结核病，由于家贫无法医治，他的膝关节永久性僵硬，行走不便。但他没有灰心丧气，而是忍着各种痛苦，艰苦奋斗，刻苦攻读，终于在医学上取得了惊人的成就。除了荣获奥地利皇家授予的爵位外，1914 年他还获得了诺贝尔生理学及医学奖，他一生发表了184 篇很有价值的科研论文。

"世上无难事，只怕有心人"。成功之途是崎岖曲折的，它不可能是畅通无阻的康庄大道。成功者的特长之一，是善于处理前进中的障碍，有坚忍不拔的忍耐性。"成功者是踏着失败前进的"，"失败是成功之母"的哲理是意味深长的。英国大文豪 H.C·威尔斯，在他成为文豪前曾从事过近十种职业，但都一无所成。现代著名科学家克达林曾说："我的成功发明，每项都几乎经过九十九次的失败。"

在人生的游戏中，不尽如人意的事常会发生，每个人都没有悲观的必要，失败乃是成功必经的过程，关键要有决心和忍耐，昨天或今日的失败，并不意味最后的结局。正视失败与挫折，是自我教育和提高的有效途径。最怕的是发生了挫折或失败后一蹶不振。人如果没有了忍耐性，才是真正的失败者。

面对晋升机会，要敢于出手

晋升的机会来了，各种小道消息在单位蔓延。

每天努力工作的你，要不要主动地找上司反映自己的愿望，提出自己的要求呢？

这常常是人们为之而苦恼的事情。因为，如果我们自己不去要求，很可能就会失去机会；而如果我们去要求，又担心上司会认为自己过于自私，争名夺利，究竟该如何办呢？

其实，实事求是地向上司反映情况，提出自己的渴望和要求，决不属于自私和争利的范畴，而且是十分正当的。在平等的机会面前，我们每个人都有权利去获得自己应该得到的东西。

而且，作为上司来说，由于其时间和精力的有限性，不可能完全了解每个人的情况，有时也可能会被一些表面现象所蒙蔽，以至于犯片面性的错误。既然如此，我们自己为什么不可以主动地帮助上司了解情况，以便他做出更为公允和明智的决定呢？相反，如果你不去反映情况，则只能是自己对不起自己了。

然而，在这里，也应该注意一个问题。众所周知，每一次的晋级名额常常是非常有限的，不可能人人有份。在这种情况下，你如果要向上司主动提出要求，最好事先做一番调查，看看这次指标数究竟是多少，并就部门的各个人选做一番排队分析。

如果说自己的条件很有可能入选，或者说有一定的机会，但存在着竞争，这样，你便可以，而且应该去向上司提出要求。如果自己的希望十分渺茫，那么，趁早自己放弃。因为在这种情况下你再主动要求，再争，实现的可能性也是很小的，而且上司会认为你太过分，不明智，你不如韬光养晦，苦心修炼。

向上司提出晋升要求，须掌握一定的方式方法：

首先，不能过分谦让。有这样一则故事：有位先生仙逝后欲进入天堂去享受荣华富贵，于是就去排队领取进入天堂的通行证。由于他不善于竞争，后面的人来了直接插在他前面，他却保持沉默，没有任何反抗或不满，就这样等了若干年，他仍站在队的末尾，始终未得到他想得到的东西。

这个故事对我们深有启发。人世间处处充满着竞争，就社会来讲，有经济、教育、科技的竞争，有就业、入学，甚至养老的竞争。就晋升来讲也不例外，在通向金字塔顶的道路上，每一步都是竞争的足迹。对于同一职位的觊觎者不止你一个。

因此，当你了解到某一职位或更高职位出现空缺而自己完全有能力胜任这一职位时，保持沉默绝非良策，而是要学会争取，主动出击，把自己的想法或请求告诉上级，这样往往能使你如愿以偿。战国时期赵国的毛遂、秦时的甘罗已为我们提供了最好的证明。特别是上级已指定了候选人，而这位候选人在各方面条件都不如你时，更应该积极主动争取，过分的谦让只会堵死你的晋升之路。

作为下级，向上司提出请求时应讲究方式，不能简单化。宜明则明，宜暗则暗，宜迂则迂，这要根据你上司的性格、你与上司以及同事的关系、别人对你的评价等因素来定。

其次，记得预先提醒上级。在正式提出问题和上级讨论之前，做出一两个暗示，表明你正在考虑这件事，这样就不会在你和他正式谈及此事的时候发现他毫无准备了。你可能认为这只会给他时间搜罗理由拒绝你的要求，但是请记住，你的目的并不在于要去赢得一场辩论，而是要使上级确认给予你提升是出于对大局利益的考虑。假如上级有所保留的话，你应该了解其中原因（在了解以后，你也许会发现，你选择了错误的职业，或是这家公司并不适合你）。

再次，选择好恰当时机。通常在上级情绪好的时候这样做。如果他的愉快是由于你的业绩引起的，那就更妙了。选择时间非常重要，把你的要求作为工作日的第一份报告呈交给上级往往很难奏效。

第四，用事实证明你的业绩。与其告诉上级你工作是多么努力，不如告诉他你究竟做了些什么。可以试着用一些具体的数字，尤其是百分比来证明你的成绩；同时，要避免用描述性的形容词或副词。比如，不要说："我同某某公司做成了一笔生意。"而说："我与某某公司做成一笔100万元的生意。"尽可能地让事实替你说话。

最好的方法是简单地写一份报告给上司，总结一下你的工作。如果你这么做，白纸黑字，数量详尽，就使他能及时了解你的业绩，而且日后也能查阅，同时，也就用不着去说那番听起来使人觉得你自吹自擂的话了。

第五，向上级指明提拔你于公司有利。不可否认，这并不容易做，因为你是申请人，上级则是决策者，而有关你各方面的资料又有限，因而是否满足你的请求需要考虑。然而，如果更仔细地想想，还可以拿出理由，说明你所期望的提升对于公司以及上司都是有利的。

假如要谋求提升，还可以指出权力的扩大会使你为上级完成更多的工作，更有效地处理你手头上的事情；而如果想得到加薪或别的要求，那么你可以告诉他，这样能让别人认识到出色的工作是会得到奖赏的。要使人信服地认可你的提升会使他得到好处，你确实需要动一番脑筋，但是努力多半是不会白费的。

第六，寻找贵人相助。有句话说"七分努力，三分机运"，我们一直相信"爱拼才会赢"，但偏偏有些人是拼了也不见得赢，关键可能就在于缺少贵人相助。在攀爬事业高峰的过程中，贵人相助往往是不可缺少的一环。有了贵人，不仅能缩短晋升的时间，还能壮大你晋升的筹码。

这里说的"贵人"可能是指某位有名望的人，也可能是指令你仰慕及欲学习的对象，他们无论在经验、专长、知识、技能等各方面都比你胜出一筹。因此，他们也许是业界的领头羊，或者是领导。

最后，千万不要用要挟的方式。用离职或不辞而别来要挟上司的做法往往会引起上级的不满。纵然上级暂时屈服于威胁，上下级关系却出现危机，而要使关系恢复原状，即使可能，也是十分艰难的。

第四章
努力重要，心态更重要

很多时候，不是你不够努力，而是你的态度出现了问题。在工作中，你可能很努力地去做事，但是你的心态却容易受各种东西影响，最终影响你的努力，让你一无所获。所以，努力之前，也别忘了改变自己的心态。

多替公司着想

在美国西点军校，有一个广为传诵的悠久传统，学员遇到军官问话时，只能有四种回答："报告长官，是""报告长官，不是""报告长官，不知道""报告长官，没有任何借口"。除此以外，不能多说一个字。"没有任何借口"是美国西点军校二百年来奉行的最重要的行为准则，是西点军校传授给每一位新生的第一个理念。它强化的是每一位学员想尽办法去完成任何一项任务，而不是为没有完成任务去寻找借口，哪怕是看似合理的借口。

秉承着这一理念，无数西点毕业生在人生的各个领域取得了非凡成就。千万别找借口！在现实生活中，我们少的正是那种想尽办法去完成任务的人，而不是去找任何借口的人。在他们身上，体现出一种服从、诚实的态度，一种负责、敬业的精神，一种完善的执行能力。

在工作当中，我们经常能够听到各种各样的借口：

"那个客户太挑剔了，我无法满足他。"

"我可以早到的，如果不是下雨。"

"我没有在规定的时间里把事做完，是因为……"

"我没学过。"

"我没有足够的时间"。

"现在是休息时间，半小时后你再来电话。"

"我没有那么多精力。"

"我没办法这么做。"

……

其实，在每一个借口的背后，都隐藏着丰富的潜台词，只是我们不好意思说出来，甚至我们根本就不愿说出来。借口让我们暂时逃避了困难和责任，获得了些许心理的慰藉。

在职场中，无论何时，无论我们做什么事情都要为企业着想，不管你身在这个企业，还是你跳槽去了别的企业。

打工皇帝唐骏这样阐释"忠诚"的含义："对雇主忠诚并不一定要从一而终，但在你服务于一家公司的时候，你必须全身心地投入，凡事替企业着想。"

现代很多职场人士难以得到老板的欢心，长期坐冷板凳，而有的人却能年纪轻轻就当上主管、副总，这是为什么？关键的一点就是：你是否为公司着想了。

一个公司就如同一艘驶往成功码头的大船，操作这艘船需要大量的人力、物力，为了保证这艘船能够正常前进，船长需要无数人来充当他的助手。这时，要想让船朝一个方向前进，船长和助手就必须有一个共同的目标，每个人都应把自己分内的工作做好，并且尽力帮助同伴，共同协助船长，努力将这艘船安全平稳地驶向目的地。

在这里，船长就是老板，而他的助手就是员工，包括你和你身边所有的同事，这艘大船就是你所服务的企业。这时，如果某个员工对工作不负责任，这艘"船"可能就会因为他的失职而沉入"大海"，所有人都将为他付出葬身鱼腹的代价。

因此，船上的人应该同舟共济，无论遇到什么情况，每个人都应该认真地负起自己应有的责任。

要知道，一个企业的成功，不仅意味着老板个人的成功，同时也意味着每个员工的成功。老板与员工的关系就是"唇齿相依、荣辱与共"。"皮之不存、毛将焉附"，唯有认识到这点，你才能在工作中赢得上司的赏识和尊重。

同样，对于公司这样一个团体来说，普通员工也好，管理者也好，如果只为自己的利益着想，而不为公司的利益着想，那么公司也必将难以生存，更别说发展壮大了。所以，如果你把身心彻底融入公司，尽职尽责，处处为公司着想，对上司承担风险的勇气报以钦佩，理解老板的压力，那么，任何一个老板都会视你为公司的支柱。

只有为公司着想，处处以公司利益为重，与公司同呼吸、共命运，把工作当成自己的事业，以百倍的勤奋和敬业与公司共同发展，这样你才能得到重用，并在事业上得到长足的发展，才能成为一个真正优秀的职业人或好员工。

企业是所有成员共同的生存、发展平台。如果将企业运作比作一盘棋，那么企业利益至上、内部服从市场、局部服从全局的观念，好比棋中的"大局观"，只有懂得区分"大"和"小"，企业管理者才能做出合理的取舍，合理的牺牲局部利益，换取全局的成功。因为，当大家的生存、发展平台被破坏以后，个人利益根本无从谈起。

企业利益高于一切，说着简单，如何真正体现出来呢？

坚持企业利益高于一切，就是要坚持上下一致的团队精神。团结就是力量，唯有团结一致，我们才能把全体员工的智慧汇集起来！把各部门的力量凝聚起来，形成一个强有力的拳头，在激烈甚至是残酷的市场竞争中主动出击，在全球经济一体化的进程中独立潮头。团结要求我们有舍己为人的高尚节操，唯有在个人利益和群体利益发生冲突时，勇于牺牲自我利益，我们才能赢得大众的尊敬；才能凝聚成一个相亲相爱的团队，形成以企业为"家"的独特文化；才能通过大家无私的奉献来造就"家"的兴旺。

坚持企业的利益高于一切，就要有坚持维护大局的高尚品质。

曾经有一位推销员，每到一处，他都会有意识地留下一些企业的宣传资料，每次在登记住宿房间的时候，他都特意将企业的名称写得非常醒目，为的就是宣传企业。如果我们每个人都以身为公司员工为荣，时时事事为公司精打细算，防止"大船也怕针眼漏"，从小处着眼，为公司节约每一分钱。无论走到哪里都谨言慎行，维护公司的形象，维护公司朝气蓬勃的精神风貌，维护公司的良好社会名誉，那么公司这颗明珠一定会在大家的精心呵护下大放异彩。

企业利益高于一切，是为了大家更好的发展，大河有水小河满，大河无水小河枯，以无私的奉献心来经营企业，将会为大家带来共同富裕。

因此，我们作为职场的一员，处处以企业的利益为先，只有企业的利益得到了发展，我们个人的利益才会有保证。

所以，作为一名普通员工，我们在问题出现的时候一定要端正自己的态度，不找借口，凡事先替企业着想。把企业的利益放在第一位，想尽一切办法去解决问题，也只有这样，我们才能真正地解决工作当中出现的各种问题，实现自我价值和企业价值的高度统一。

把工作当成事业，让努力的价值最大化

在一次企业家交流会上，一群来自全国各地的民营企业家交流了一个非常有意思的话题："如果你的子女不愿意接班或者没有能力接班，你愿意把企业交给谁去管理？"

这样的问题道出了许多民营企业家的辛酸。由于我国的职业经理人制度尚在建设之中，并不成熟，"接班人"的问题一直困扰着企业主们。在这次交流会上，大家就这个问题也是展开了广泛的讨论，最后的结果五花八门。有的人说，应该让公司里的亲戚接班，因为一家人好说话，也靠得住；有的人说，请猎头公司找一个靠得住的职业经理人，这样公司的管理能够很快走上正轨。

但有一位来自浙江的水泥厂老板却说出了这样一句话："亲戚没有能力一定靠不住；职业经理人是冲着工资去的，对自己所做的事情可能缺乏一份热爱。我认为要找那些把自己的工作当成事业的员工，他们曾经为公司做出过巨大的贡献甚至是牺牲，他们会全心全意地扑在自己的事业上。选这样的人准没错。"

他的这番话也让很多企业主陷入了思考，最后大部分人都赞成他的观点，要找一个"把工作当成是自己的事业"的人。

一个人把手上的工作当成了自己的事业，他就能够将全部的精力投入到工作当中去。

把工作当成是自己的事业就要求我们不能够以只追求薪水为目的地去工作。诚然，薪水是保证一个人能够正常工作的前提，但假如一个人只知道为了薪水去工作，那么他对工作的态度就会变得扭曲，最终有可能导致问题丛生。相反，一个人只有不单纯地为薪水去工作，主动去热爱自己的工作，他才能够在工作中解决更多的问题，获得更多的经验和能力。

纪连海是一名中学高级教师，并且因为学生优异的高考成绩被评为北京市骨干教师。他在讲课时，对教材尽可能地大胆取舍，连最枯燥的经济史都可以被他讲得生动有趣。

早在上大学时，纪连海就涉猎广泛。当时每个月他会花几十元买书；借书从来不超过一天，不管多厚的书，他都坚持一个晚上读完。现在，他的两只眼睛都是深度近视，一只1400度，另一只1500度，几乎成了盲人。

纪连海曾说："历史老师做久了，没激情学生会睡觉啊！别看在讲台上站了这么多年，但我总是不够自信，一看见学生睡觉，我就会想，为什么他会睡着了呢？得出的结论就是：他不是一个差学生，而我却是一个差老师。所以我一定要努力不让任何一名听我讲课的学生睡着。"为了担负起历史教育的这份理想和责任，纪连海还不断地学习、充电。他认为，要把课讲得有趣，需要教师不断地读书学习，扩大知识面。

纪连海以闻名全北京的激情讲课方式以及独特的历史教学方法，引起《百家讲坛》节目组编导的注意，并收到邀请。之后，纪连海在《百家讲坛》讲解了清朝二十四名臣系列，引爆节目创办以来的收视率。

在被问及是用什么"武器"在诸多学者专家中脱颖而出，如何使有争议的历史人物再次放出人性的光芒从而吸引亿万观众时，他如此回答："我没有什么秘诀，自己只是把教师职业当成事业来做。在我看来，工作有两种：一种是职业，一种是事业。而当中学教师就是我的事业，而不是职业。"

事实证明，如果我们能够把工作当成自己的事业，努力去工作，获得的远比付出的更多更好，还能学到不同寻常的技能，这会使你摆脱任何不利的环境，无往而不胜。

其实，每一项工作中都包含了许多个人成长的机会，比如发展自己的能力，增加自己的社会经验，提升个人的人格魅力……与你在工作中获得的技能与经验相比，微薄的工资显得不那么重要。老板支付给你的是金钱，你自己赋予自己的是可以令你终身受益的无价之宝。

美国某教授有两个十分优秀的学生，两个人的兴趣和爱好很相似，对他们来说，毕业后找个有发展潜力的工作是轻而易举的事。当时，这个教授有个朋友创办了一家小型公司，委托教授为他物色一个适当的人选做助理。教授建议他这两个学生去试试看。

这两个学生分别去应聘。第一位前去应聘的学生名叫墨尔，面谈结束几天后，他打电话向教授说："您的朋友太苛刻了，他居然只肯给月薪 600 美元，我才不去为他工作呢！现在，我已经在另一家公司上班了，月薪 800 美元。"

后来去的学生叫尼克，尽管开出的薪水也是 600 美元，尽管他有更多赚钱的机会，但是他却欣然接受了这份工作。当他将这个决定告诉教授时，教授问他："如此低的薪水，你不觉得太吃亏了吗？"

尼克说："我当然想赚更多的钱，但是我对您朋友的印象十分深刻，我喜欢这家公司，我觉得只要从他那里多学到一些本领，薪水低一些也是值得的。从长远的眼光来看，我在那里工作将会更有前途。"

那是多年前的事情了。墨尔当时在另一家公司的薪水是年薪9600美元，目前他也只能赚到11000美元；而最初薪水只有7200美元的尼克，现在的固定薪水是25000美元，还有额外的红利。

热爱自己的工作，把工作当成自己的事业，只有这样，我们才能够在工作当中克服诸多的困难和问题，让自己真正成为一个解决问题的能手，成为老板的左膀右臂，成为企业的核心员工，让自己拥有更强大的竞争力。

锤炼你的责任心

国外一位著名的管理学大师曾经说过："良好的责任心能够帮助一个人解决任何困难。"简简单单的一句话道出了责任心的重要性。在现实生活中，一个有责任心的人也一定是离问题最远的人。

令人遗憾的是，许多员工并没有太多的责任心。因为有些员工没有一点儿责任心和主动性，对工作敷衍应付，马马虎虎，结果给企业造成了损害。

2006年6月，国美电器某公司总部人员去东莞调查市场的时候，发现导购员傻傻地站在那里，有的店展台都是空的，原来是没有货卖。

经查，没有货卖并不是因为公司没有货，而是因为工作人员的责任心不够导致的。分公司没有按照公司的要求操作，拖延了时间；同时分公司财务人员也没有重视，提供给总公司的账号也是错误的，重新办理手续又耽误很多天。

人们不禁要问，这些员工的责任心和责任感在哪里？

这些员工不仅给客户、给企业造成了损失，也给自己的职业生涯发展带来了很多负面影响。试想，哪个企业敢聘用这种对工作不负责任的人？

员工的不负责任不仅表现在以上这些方面，还有一些员工不注意自己的形象和行为，说话做事不注意方式方法，不注意给企业带来的影响，这些也是不负责任的表现。

一个采矿企业发生了安全事故，当领导问及对遇难矿工的处理意见时，当事人轻松地说："死几个人算不了什么，一条人命几万块钱就打发了。"

这位员工的言论就是不负责任的表现。结果，他的言论被发布到网上，引来了公众的一片反对。企业的形象也受到了重大影响。

员工是企业中的人，说话办事都要从企业的角度考虑，不能率性而为、我行我素。以上这些情况的出现固然和员工本人的率性、马虎等先天的性格因素有关，但更为主要的是，他们的头脑中缺乏责任意识，意识不到自己的岗位职责是什么。

岗位的名字叫责任。企业的每一个岗位就如战场上的战士的位置一样重要。只有每位员工对自己的工作岗位尽心负责，对岗位规定的职责严肃对待，认真负责，这才是对领导、对企业、对客户负责的表现。玩忽职守、不负责任的人不具备做员工的基本素养，也会导致他们的工作频繁出问题。

凡是企业中那些优秀员工、被领导重用的员工都是责任心很强的员工，他们把领导交办的事情当成自己的事情一样看待，不仅会努力、认真地工作，有人监督与无人监督一样，而且在完成工作的过程中，会主动自发地去克服各种困难，争取按时、按质、按量完成任务。正是这样高度的责任心，领导才会放心地把重要的工作交付给他们办理。

有责任心的人不仅表现在工作中能主动处理好分内与分外相关工作，他们还能够尽心尽力地去解决自己工作当中出现的各种问题，即便在失误面前也能做到不推脱，能主动承担责任，而不是处处找借口为自己开脱。

我们知道，易中天教授在《百家讲坛》中是炙手可热的。随着"品三国"的热播，易中天同时也出版了很多的书。

一次，电视台请他做节目时，一位嘉宾提道："您上《百家讲坛》和出这些书的准备是不是有些不充分？您是一个专攻文学的教授，做历史方面的研究，是不是不够擅长？或者说应不应该更仔细一点儿，把它做得好一点儿？"

不论嘉宾是出于热爱、关心易中天考虑，还是出于其他目的，这都是一个很尖锐的问题，言外之意是易中天有些地方做得不到位。

对此，易中天坦然地回答："我坦白交代，有仓促上阵的成分。由于出书速度过快，有一些地方欠推敲或者欠准确，现在出版社正在处理。这是一个教训。"

对于易中天这样知名的教授来说，在全国人民面前敢于承认自己的错误需要何等的勇气。但正是因为他有向观众负责、向读者负责的高度的责任心，因此才不忌讳。这样一来，即便是那些想以此为借口攻击他的人，也被他敢于负责的精神和勇气所打动，放弃了原来的主张。

这件事也告诉我们，不管任何时候，都要用责任托起你的脊梁。不论在企业内部面对领导还是在外部面对客户和合作伙伴，你要做的第一件事就是承担责任。一旦你的心目中责任第一，就为自己打造了一座防火墙，任何竞争对手都无法攻破。

约翰曾在一家企业担任过技术总监，可是，由于市场开拓不利，约翰居然失业了。

一天，猎头公司找到他，向他推荐全美乃至世界都有相当影响的一家企业。可是，令约翰没有想到的是，他们居然提到了一个令人不可思议的问题："我们很欢迎你到我们公司来工作，你的能力和资历都非常不错。现在，你既然选择来到这里，能否告诉我你原来开发的一些技术软件的信息。"

约翰连想都没想就一口回绝了。他说："你们这个问题很令我失望，不过，我也要令你们失望了。作为技术人员来说，保守机密永远是我的使命。"约翰说完转身就走，虽然他清楚地知道，他会因此而失去特别优厚的待遇。

可是，没过几天，约翰居然收到了来自这家公司的一封信。信上写着："你被录用了，不仅仅因为你的专业能力，还有你的责任心。"

其实，任何一家公司在选择人才的时候，都会看重一个人是否有责任心。一个人有高度的责任心，才会尽心尽力完成自己的任务，才会处处注意维护企业的利益，解决工作中出现的任何问题，即便在错误面前也敢于担当。这种责任心第一的员工也一定是老板心中的好员工，也一定是能够获得器重的优秀员工。

自信，你就能解决任何问题

新加坡航空公司是世界上最好的航空公司之一，它和一般的航空公司有什么区别呢？许多乘客都给出了一个答案：自信。

有一次，一架新航的飞机在起飞前出了一个小问题，影响了飞机正常的起飞时间，因此机组人员向乘客们道歉："现在通知各位旅客，由于我们的飞机出了一个小故障正在排查中，请您再耐心等候三十分钟，我们将在三十分钟内解决这一问题。"国内的航空公司也会出现类似的情况，他们的道歉一般是："由于我们的飞机出了一个小故障正在排查中，请您耐心等候。"等候多长时间没有说，反正等下去就是了，这就是差距所在——"三十分钟"——一个肯定的语气。

对于一家公司而言，自信可以帮助他们提升口碑，而对于个人而言，自信更是重要。它能够迅速唤醒人们体内埋藏已久的能力种子，而这颗种子能够长多高多大，事前谁也无法想到，唯有自信才能与它齐头并进。一个人没有自信，就等于事先承认了失败，给自己的人生提前做了注脚。

"水门事件"是美国历史上最大的政治丑闻之一。在 1972 年的总统大选中，为了取得民主党内部竞选策略的情报，以美国共和党尼克松竞选班子的首席安全问题顾问詹姆斯·麦科德（James

W. McCord, Jr.）为首的五人潜入位于华盛顿水门大厦的民主党全国委员会办公室，在安装窃听器并偷拍有关文件时，当场被捕。由于此事，尼克松于 1974 年 8 月 8 日宣布将于次日辞职，结束了自己的政治生涯。

其实，尼克松连任总统的概率非常之高，他的对手在民意上落后他不少。但由于尼克松以及整个领导班子的不自信，导致他们做出了"窃听竞争对手"这个错误的决定，最后，也因为这种不自信，让自己成为美国历史上首位辞职的总统。

从"水门事件"中，我们可以看出，一个人的不自信会影响到其人生走向。诚然，自信是人性的一大优点，也是人生能否取得成功的重要前提。一个自信的人有着一往无前的勇气，可以披荆斩棘，克服各种困难。无论是在生活还是工作中，这种自信对我们来说都是非常重要的。

有时候，当我们接受一项新的任务时，往往会因为没有做过这方面的工作而信心不足，其实大可不必。信心不足的原因是我们仍然处在现有的位置上，去考虑新位置上的事情，这就仿佛雾里看花，只看到一片朦胧，是怎么也看不真切的。但是，只要把自己放到那个新位置上，一切都会豁然开朗起来。所以，让我们放心大胆地去承担责任，只有责任承担起来，能力才会培养起来。

自信代表着一个人在工作中的精神状态，以及对自己能力的正确认知。对一个人来说，当他正确地认识了自己的自身价值和能力及其工作责任时，他就会产生一种肯定性的情感和积极的态度，把手中的各项任务都看作是"应该做的"。肯定性的情感还会产生一种巨大的精神动力，即使在工作条件比较差的情况下，这种精神动力，非但不会让他降低工作要求，反而会使他更加积极主动地提高自己的能力，创造性地完成自己的工作。

俄国著名戏剧家斯坦尼斯拉夫斯基，有一次在排演一出话剧的时候，女主角突然害了急病，不能演出了，这时离上演的时间只差一天。斯坦尼夫拉夫斯基只好找人代替，但找来找去也没有合适的人选，最后他只好让他的姐姐帮忙。姐姐是剧团的服装道具管理员，看到为难的弟弟，只好答应下来。由于没有演过戏，突然出演女主角的姐姐总是有一种自卑、胆怯的心理，演得极差，这引起导演弟弟的烦躁和不满。

过了一会儿，他突然叫停并大声说道："这场戏是全剧的关键；如果女主角仍然演得这样差劲儿，整个戏就不能再排下去了！"这时全场寂然，他的姐姐久久没有说话。突然，她抬起头来说："排练！"重新开始后，姐姐像换了个人似的，一扫以前的自卑、羞怯和拘谨，演得非常自信，非常真实。斯坦尼夫拉夫斯基高兴地说："我们又拥有了一位新的表演艺术家了。"

一个人做事的水平，永远不会超出他的自信所能达到的高度。信心多一分，业务水平就会上升一个层次。"没有困难要完成，有困难，克服困难也要完成"是优秀员工自信心的最佳体现。拥有这种自信心的员工，必能扭转自己的人生。

强子是某企业信息部的一名工作人员，他在这里已工作五年，一向都很踏实、认真。某一天，由于人事调整，信息部经理将被调到综合部；另外，公司决定培养强子为新任信息部经理，与老经理的交接时间为两个月，如果在这两个月中，强子表现出色就可以正式上任。对于公司的提拔，强子感到很高兴，也满怀信心地接受了这个任务。只不过他心里还是有一些担心，自己一向做的是技术工作，没有做过管理，况且，本部门虽然不大，但肩负着整个公司的信息管理与信息库的建设，他以前只分管一部分信息，但现在他必须要管理十几倍的信息量，强子有些怀疑自己的能力，不知道能否做好这份工作。

没想到，工作交接的第一天，强子就打消了昨日的顾虑。当他看到公司所有的信息数据时，没有一项是陌生的，对这些数据的处理，强子突然有了一种新的感受。另外，老经理详细地为他讲述了每个人员的工作安排，如何安排更有效、更合理等问题。这一天结束后，强子感到，当自己真正处在经理的位置上，自然而然就会从经理的角度去考虑问题，这种更开阔的视野他是完全具备的。

就这样，两个月过后，强子不但把信息部管理得井井有条，而且他还在工作之余不断挖掘一些新的信息的处理方法，最后他终于找到了一种更为快捷的信息查询和管理方式，不但提高了工作效率，而且还大大方便了公司每一个人对信息的使用。

德国哲学家谢林曾经说过："一个人如果能意识到自己是什么样的人，那么，他很快就会知道自己应该成为什么样的人。但他首先在思想上得相信自己的重要，很快，在现实生活中，他也会觉得自己很重要。"

要克服自己自卑、不够自信的弱点，就必须要锻炼并加强自己的自信心。当工作中出现问题时，多给自己一些自我暗示：我可以的，我一定行！让自己意识到自己可以成功，那么就等于让自己的一只脚踏进了成功的大门。也唯有如此，我们才能最终战胜工作中的各种困难，披坚执锐，迎接生命给我们的犒赏。

何惧失败，尝试也会有结果

在心理学的词典上，有一条关于"基利定理"的解释，它是指每个人要想干出一番惊人的业绩，一定要具有面对失败坦然自如的积极态度，千万不可一遭挫折便落荒而逃。否则，你永远都会与成功无缘。

"基利定理"被无数成功人士推崇，这其中就包括世界第一CEO 韦尔奇。

20 世纪 60 年代中期，韦尔奇还只是美国通用电气公司的一位年轻工程师。年轻气盛的他也有很多梦想，但在现实中，他的梦想却遭受了考验。

一次，韦尔奇踌躇满志地准备大干一场的时候，一件不幸的事情发生了：实验室的研究设备突然发生爆炸，三千多万美元的实验设备连同厂房瞬间化为灰烬。

遭遇这突如其来的灾难，韦尔奇精神面临崩溃。在面对总部派来调查事故原因的高级官员时，他觉得自己这辈子都不可能再翻身了。

可他没有想到的是，这位官员对韦尔奇提出的第一个问题是："我们从这次实验中得到了什么没有？"

韦尔奇先是一惊，然后苦涩地回答道："这证明了我们这个试验走不通。"

调查官员说:"这就好,数千万美元虽然是个大数目,但庆幸的是我们并非一无所得。"

一场"重大事故"就这样解决了。这件事情给了韦尔奇很多启发,后来凭借着自己的努力,他带领通用电气公司实现了二十年的高速发展。

的确,失败会给一个人带来巨大的痛苦,没有人会喜欢失败。但有的时候,失败就像是霉运一样,你越逃避,它就越猖狂。没有人能够保证自己一生都不会遭受一次失败。失败是在所难免的,而我们面临失败时的态度则决定了我们能够获得什么。

其实,人们恐惧失败并不是因为失败本身,而是担心失败带来的后果。就如著名生理学家巴甫洛夫做的条件反射实验一样,当我们看到别人遭受失败后的状态时,我们对失败也会产生"条件反射",恐惧失败,畏惧失败,以至于畏首畏尾,止步不前。

每年毕业季,新闻报道上总会出现这样一个名词——校漂族。所谓校漂族,是指那些已经毕业了,但没有找到工作,仍然居住在学校里或学校附近的应届大学毕业生。

为什么会出现校漂族?上海某大学的 2014 届本科毕业生小力在接受采访时说:"我并非对社会存在恐惧,也不是没有去找工作,只是我遭到的拒绝太多了,我不想再被拒绝了。"

不想再被拒绝,其实这就是对失败的恐惧。被拒绝了一次,毕业生们就觉得自己又失败了一次,自己又成了一名失业者,所以,持消极态度的人干脆就不再出去找工作,继续做一个不伦不类的"学生"。这些校漂族对失败的恐惧可见一斑。

其实,失败只不过是一种状态,它与成功一样,都是对我们努力的一种反映。而实际上，失败是现有语境当中人们对"没有做成一件事"的评价，也就是说，失败只是没有达到我们的某个目标，其影响不会太大。

在职场中，假如我们因为害怕失败而不去做某件事情，那么首先，我们失去的会是一次非常好的成功机会；其次，我们也会失去一次很好的锻炼机会。

但对于一个人而言，失败带来的效果远非我们想象的那么恐怖。上级分摊下来的一个任务，如果我们不做，那么自然会有别的人去做，那么这个机会就悄悄溜走了；如果我们主动接手，就算我们失败了，无非就说明一个问题——以我现在的状态还不能解决这个问题。

所以，职场中人在面对可能的失败时一定要做到两点：第一，勇敢抓住机遇，职场上最可怕的不是失败，而是连失败的资格都没有；第二，付出所有的努力，尽力而为，就算是失败了，也不过只是一次历练，无伤大雅。

戒除对失败的恐惧心，关键就要去认识失败，认识了失败，我们才能正视工作当中出现的各种问题，让自己能够勇敢地去面对问题，也唯有如此，我们才能做一名能够解决问题的优秀员工。

拒绝"差不多"，把工作做到最好

在职场中，有这样一群人：在做自己手上的工作时，他们总想着减轻自己的负担和压力，能让自己轻松一点儿就轻松一点儿。本来可以凭借自己的能力做到尽善尽美，却因为自己的工作态度轻浮而将事情搞砸，解决不了问题不说，还可能造成新的问题。

这种员工就是职场中的"差不多"员工。

一个人如果抱着差不多的态度去工作，最后会造成什么样的结果是可想而知的。在这种态度的驱使下，他又怎么可能用尽100%的力气去解决工作中出现的难题呢？

张钊是一家中兴房产公司的会计，大学毕业没多久，他就在北京找到了一份薪酬待遇还不错的工作。可是最近，张钊的一次工作失误却让他难以在公司立足。

每到月底，张钊的工作就会变得异常忙碌。他除了要制作报表之外，还要负责审核公司近一个月的账目。面对这样烦琐的工作，张钊也是非常头疼。他知道，如果自己想要把事情做到最好，就必须牺牲自己的休息时间，加班加点。

但张钊可不是一个乐意牺牲自己休息时间的人。在之前几个月的工作中，他都抱着一种"差不多就行"的态度，制作报表和审核账目的时候都只是过一遍就不管了。好在他的运气还不错，在前几个月的工作当中并没有出现失误。

但这次，他就没这么好运了。

这个月的报表和账单交到负责人手上之后，立刻就被负责人发现了问题：里面出现了好几个数额不对的地方，还有一些竟然被漏报了。负责人狠狠地批评了张钊一顿："还好我把了一下关，你想一下，如果这材料交到工商或者税务部门，到时候损害的是谁的利益？你到时候能够承担起这份责任吗？"

张钊也知道这次失误是自己造成的，只能低着头任由负责人训斥。很快，上级也对这次重大失误做出了处罚：扣掉年终奖作为这次的惩罚，如果再犯，公司将以"不能胜任工作"为由，辞退张钊。

这样的结果显然是张钊不愿意看到的，但事已至此，他也只能为自己在工作中的粗心大意而懊恼了。

如果一个人抱着差不多的态度去工作，那么他非但不能解决工作当中的问题，反而会造成新的问题。所以，只有矫正工作态度，用100%的状态和努力去工作，我们才能够及时、不打折扣地解决好工作中出现的各类问题。

另外，我们也应该认识到，水温升到99℃，还不是开水，其价值有限；若再添一把火，在99℃的基础上再升高1℃，就会使水沸腾，并产生大量水蒸气来开动机器，从而获得巨大的经济效益。100件事情，如果99件做了，只有一件未做好，而这一件事就有可能对某一单位、某一集体、某个人产生百分之百的影响。

追求精益求精是我们解决问题的关键，有的员工能力很强，但却不能很好地落实组织所下达的工作任务。究其原因，主要是他们做事总是没有用尽心思。工作开始时，热情百倍，干劲十足；

但是，工作持续一段时间，尤其是遭遇到困难或挫折之后，则热情逐渐减弱，干劲逐渐消减，最后积极的心态变成了"差不多就行"的心态。

追求精益求精，要避免应付了事的态度。应付了事，是一些员工常犯的毛病。他们做一天和尚撞一天钟，对于上级布置的工作，从不认真去做，而是敷衍塞责，做一些表面文章来应付。

应付了事的工作态度对组织所造成的危害，远远超过拒绝执行。如果员工拒绝执行，领导者会重新安排其他人员来替换他的工作。但员工如果接受了任务而应付了事，则会使领导者遭受蒙蔽，并最终使工作任务不能有效地完成，自然也就不能完美解决工作当中出现的问题了。

假如一个人在工作当中，能够摆正自己的态度，用一切的努力去解决问题，那么就一定能够解决工作当中的各种问题。

有三个人去同一家公司应聘采购主管。他们当中一人是某知名管理学院毕业的高才生，一名毕业于某普通大学，还有一人则是一家民办高校的毕业生。在很多人看来，这次应聘的结果是很容易判断的，然而让人大跌眼镜的是，应聘者经过一番测试后，最终留下来的却是那个民办高校的毕业生。

在整个应聘过程中，这三人经过一次次测试后，在专业知识与经验上各有千秋，难分伯仲，随后这家公司的总经理亲自面试，他提出了这样一道问题，题目为：假定公司派你到某工厂采购4999个信封，信封每个8分钱，你需要从公司带去多少钱？

几分钟后，应聘者都交了答卷。第一名应聘者的答案是430元，总经理问道："你是怎么计算的呢？"

"就当采购5000个信封计算，可能是要400元，其他杂费就

30元吧！"作答者对应如流，但总经理却未置可否。

第二名应聘者的答案是450元。

对此，应聘者解释道："假设5000个信封，大概需要400元左右，再加上其他各项花费，大概不会超过50元，一共有450元就足够了。"总经理对此答案同样也没有表态。

当总经理拿起第三个人的答卷，见上面写着418.42元时，不觉有些惊异，他立即问道："你能解释一下你的答案吗？"

"当然可以。"这位民办高校的毕业生自信地回答道，"信封每个8分钱，4999个是399.92元。从公司到某工厂，乘汽车来回票价10元。午餐费5元。从工厂到汽车站有一里半路，请一辆三轮车搬信封，需用3.5元。因此，最后总费用为418.42元。"

总经理不自觉露出了会心一笑，收起他们的试卷，说道："好吧，今天到此为止，明天你们等通知。"最后，接到录用通知书的正是那位民办高校的毕业生。

对于总经理出的这道面试题，前两位应聘者给出的答案，一看就没有经过认真思考，我们由此也能推断出其马虎轻率的工作态度。很显然，他们俩都不是总经理心目中的理想员工人选。而第三位应聘者则真正将这道题还原到真实的工作中去，他仔细考虑到每一个需要用钱的工作步骤，最后给出的答案当然是最正确、最负责的，同时也是最契合总经理需要的。

综上所述，在工作当中，我们每个人都应该抱定一份"追求完美"的心态，绝对不做差不多员工，做一个不但有勇气解决问题，还能够用心把问题解决的人，也只有这样，我们才能让自己的事业更上一层楼。

给自己一些压力，让自己更努力

在自然界，每一个物种都在发展和加强自己的新特征以求适应环境，获得生存空间。生命的演化如此，生活和事业的发展也是如此，社会对个人的知识和经验不断提出更高、更广、更深的要求。

而在工作当中，工作对一个人能力的要求也是不断变化的。当你是菜鸟的时候，公司也不会让你去做一名熟练工的工作，而一旦你的工作能力和经验都足够时，工作也会面临新的挑战。

那么，一个人应该怎样实现这种突破呢？答案正是解决问题，一个人只有在不停地解决问题的过程中才能够让自己得到历练和成长。也就是说，假如我们想要自己尽快突破自己的瓶颈，就必须不停地去解决问题。

当然，问题有难有易，有些问题看起来非常复杂，而且令人望而生畏，对于一些胆小怯懦的人来说，走出这第一步就显得很难了。

因此，当我们工作当中出现问题的时候，除了鼓足勇气，我们还应该逼自己一把，逼自己去解决问题。

有一天，在美国的一个小酒吧里，一位年轻小伙子正在演奏钢琴。他的琴弹得很好，每晚都有很多人慕名前来倾听。但一天晚上，他弹了几首曲子后，一位顾客提议说："我每天都听你弹这些曲子，都熟悉得不能再熟悉了，你能不能唱首歌呢？"其他顾客也纷纷起哄，要求小伙子唱歌给他们听。小伙子红着脸，请大家原谅。他说自己从小学习弹奏乐器，从没唱过歌，恐怕会唱得很难听。有个顾客半认真半开玩笑地说："你从没唱过歌，并不代表你不会唱歌啊，没准你是个唱歌天才呢！"这时，酒吧老板也出来鼓励他唱歌，免得扫了大家的兴。小伙子还是不肯唱。最后酒吧老板急了，就说："你要么唱一首，要么另谋高就。"小伙子被逼无奈，只好硬着头皮唱了一首。谁知他这一唱，在场的人都被他的歌声迷住了……从此，小伙子开始进军流行歌坛，居然一炮走红。

这位小伙子，就是当年的美国著名歌星纳京高。如果不是那天晚上被逼着当众"献丑"，他可能永远只是一个酒吧里卖艺的二三流琴手。

《道德经》中说："知人者智，自知者明，自胜者谓之强。"所谓的自胜，就是要超越与战胜自我。时刻准备脱颖而出的人，都是所谓的"自胜者"。一个人的工作极限取决于自己，你认为某某业务是自己的极限，自己根本做不了，实际上你努力一把，未必就不可完成。

当我们逼自己去解决问题的时候会发现，问题总会出现更好的解决办法。

日本有一家规模庞大的生活用品公司，有一天，他们忽然接到了一份投诉信，一位客户在信中说，他们买了这家公司的一些肥皂，但拿回去之后却发现很多肥皂盒里都是空的，根本就没有肥皂。

为了避免类似的事情再次发生，公司召开了一次会议，针对"空肥皂盒"问题寻找解决方案。

经过两个多月的调查和研究，他们终于找到了方法：定制一套专门针对肥皂盒的X射线装置。这套装置花费了200多万元。

与他们一样，另外一家生产肥皂的公司也出现了这种问题。但这家企业比较小，他们无力购买如此昂贵的机器。但他们同样解决了这个问题，方法很简单：在生产线的终端放上一台大功率电风扇，如果肥皂盒里面是空的，那么电风扇就会将肥皂盒吹翻。就这样，他们几乎没花什么成本就把这个问题解决了。

同样的问题，不同的解决方法带来了不同的收获。英国沙垂有限公司创办人M.沙垂对此有过一句经典的点评：任何问题都有更佳的解决之道。

职场中的确有很多棘手的问题，当我们遭遇这些问题的时候，第一反应会告诉我们这个问题的难度。简单的问题很多人都可以解决，但是在碰到非常困难的问题的时候，有些人就会打起退堂鼓。

北京某集团公司的一位主管曹女士有一次和一家外国企业洽谈合作。为了让两位远道而来的客人能够体会到她的热情，她将他们带到了海南度假，并决定趁度假的时间和他们谈生意。

由于时值冬天，正是海南的旅游高峰期，当地的房源十分紧张。曹女士一行有十几个人，他们到达当地之后才发现四星级、五星级宾馆都已经人满为患。

曹女士无奈，只好订了几间没有星级的宾馆豪华间。

同行的客户和同事了解到情况后也都同意了。可没想到的是，当时同去的外国客户中有一对夫妇对宾馆环境特别挑剔，他们在看了曹女士定的房间之后非常不满意，甚至表现得特别生气，认为是曹女士所在的公司小气，连好一点儿的住宿环境都无法提供。一番争执下来，他们甚至开始收拾行李，准备打道回府。

曹女士无可奈何，只能苦口婆心地劝说，并不停地道歉，可他们还是不同意。按照常理，遇到这样的情况曹女士应当向单位的领导报告，但当时天色已经很晚了，别说能否联系到领导，就算是联系上了，像这种问题领导也不能解决啊！

住宿的事情一拖再拖，曹女士渐渐地也失去了理智，在对方不停地抱怨声中，她终于爆发了："现在不是我们让不让你们住五星级宾馆的问题，而是五星级宾馆都已经客满，我们也是实在没有办法，你们要是嫌这里脏，可以自己去找五星级宾馆住。"

话音刚落，两位外国客户就愤怒地转身离开。

这一晚，所有的人都不欢而散。等到第二天，曹女士找到这两位客户的时候，他们已经在准备离开的路上。曹女士见到他们就开始诉苦衷："我昨天是因为太着急了，所以没有控制好自己的脾气，请你们一定要见谅。况且你们也看到了，我昨天找了很久也没有找到合适的宾馆啊！"

其中一位外国客户说道："曹小姐，我们对你昨天发脾气的事情并不计较，这也不是最重要的，最重要的是，我们俩昨天问了几个当地人，在他们的指引下，我们找到了符合我们要求的宾馆。"

曹女士一时愕然。

理所当然地，因为曹女士的工作失误，这次合作无奈搁浅。

在问题面前，曹女士总觉得想要解决它很难，让自己陷入了困难当中，没有想过用更好的办法去解决，她也因此酿成祸事。

也是直到有了两位客户的提醒之后，她才想到，自己当时竟然没有尽全力去寻找，连问当地人这样简单的办法她都没有去试，不失败才怪呢！

所以，在面对困难时，我们一定要先给自己打气，无论怎样，都不要对还没有解决的问题产生绝望感，要相信，无论什么问题都有解决的办法。

对此，我们需要从三点做起。

第一，要相信方法永远比问题多。俗话说："兵来将挡，水来土掩。"一把锁可以拥有无数把钥匙。通过细心研究，我们会发现，任何问题都不会只有一种解决方法，只有拥有这种心态才能有决心和勇气去寻求更多有效的解决问题的方法。

第二，要尽可能多地找到解决问题的方法。

比如说，一个行政人员采买办公用品时，就有非常多的方式，比如：

①到公司附近的大型超市选购。

②到办公用品商场选购。

③到电商网站上采购。

第三，权衡利弊，找到最适合的办法。

上文中采买办公用品的方式各有利弊，我们需要根据自己的实际情况进行具体分析：

方法一的优点是离公司较近，比较便利；采买人员对超市的优惠活动比较敏感，很好把握采购时机；在购买办公用品的同时，可以同时采购其他需要的物品。缺点是超市是一个综合性质的卖场，办公用品种类、数量有限，可能无法满足公司所有的需求。

方法二的优点是种类繁多、数量充足；很多商品可以当场试用以作比较；物流服务好，可以送货上门。缺点是挑选时比较耗时；比价时比较麻烦；行政人员可能对那里不熟悉，受到蒙蔽、付出高昂采购成本的可能性增大。

方法三的优点是挑选商品时，对比差异比较方便；折扣标示明确；采买人员下订单所需时间较少。缺点是采买人员看不到实物，无法真切感受商品的质量；如果物实不符，退换货比较麻烦；物流速度取决于商家选用的物流，不能确保每单都及时送到。

在分析各种方法的利弊后，我们可以根据自己的实际情况，选出最适合当前情况的最好办法，将难题一一解决。

第五章
你不光要努力，还要会避开人性雷区

人性当中有很多雷区，一旦你涉足这些雷区，就可能会招来别人的厌恶甚至是仇恨。很多人之所以无法突破自己，就是在人际交往中处处踩雷。他们看起来很努力，却无法做到人情练达。这样的人，再努力也只能是孤家寡人，难成大事。

做人厚道，别人才会觉得你靠谱

在生活中，有的人常常犯这样的毛病：在评论别人的时候，总是站在自己的立场看问题，从来不愿意换位思考，总想找出别人的毛病。找出别人的毛病之后，又极力夸大这个毛病，把小毛病说成大毛病，把大毛病说成一无是处，这就是不厚道的表现。

在评论别人的时候，我们应该厚道，别总是把别人的坏处夸大，看不到别人好的地方。如果你这样做了，那么你的毛病其实比别人的还要大。

当然，人无完人，每个人都有自己的缺点，或多或少有些这样或那样的不足，但是，我们应该一分为二地看问题，应该实事求是地看问题。我们既要看到别人身上的错误和缺点，也要看到别人身上的优点，这样才能正确客观地评价一个人。这种做法才会有利于建立良好的人际关系。

乾隆皇帝在用人方面很有才能，这和他能够对下属进行客观公正的评价有关。

乾隆二年，宗室德沛到任湖广总督后，遵照乾隆皇帝的旨意暗中调查前任总督史贻直，结果发现他在任内有接受盐商贿赂的嫌疑，于是便向皇帝请示可否公开查处。史贻直当时已经内调回京任工部尚书，此人熟悉政事，有办事能力，因此乾隆指示德沛

"史贻直身为大臣，朕不忍扬其劣，当别有以处之"。

乾隆三年，管理苏州织造的郎中海保遵旨密查苏州巡抚许容，并向乾隆皇帝报告说："苏州巡抚许容，从前历任，具有刻薄之名，观其到任以来，操守廉洁精细明白，实心任事，声名亦好。"乾隆批到："此奏至公之论也。"

乾隆四年，湖广总督班第遵旨调查湖北巡抚崔纪。班第经过察访得知，崔纪这个人并没有劣迹，只是性情乖僻，做事偏激。乾隆认为班第的调查是"俱秉公议"，给予充分肯定。后来发现崔纪曾挪用公款给亲属使用，又听任百姓买食私盐等事，遂将其撤职查办降级使用。

乾隆十一年，湖北巡抚开泰报告说，他遵旨密查湖广总督鄂弥达，知其虽然年老体衰，还能正常办理公务，听说他的家人有接受贿赂之事，数量不多，鄂弥达好像不知道。乾隆为此告诫开泰："不仅仅是这样！鄂弥达察访湖南省的时候，曾经让他的儿子去拜见当地的官员，期间也有收取贿赂的情况，如此检验兵士就全然不去仔细查看，我已经下旨责备他了。只是他的这一过错还算小，我从来对官员不求全责备，但是如果知错不改，继续欺骗我而且胆子越来越大的话，那就不能宽恕了。"乾隆让开泰继续监视调查鄂弥达。

大臣有了过错，乾隆并不是一味地贬斥他们，而是充分肯定其优点，当他们的过错还不至于影响工作的时候，就大度地睁一只眼闭一只眼，只有当臣子的行为涉及原则性问题的时候，他才公事公办，这充分显示了乾隆作为一代帝王的气度，也是他拥有过人智慧的表现。

如果我们在日常生活中能够做到"论人须带三分浑厚"，胸怀放宽广一些，尽量去包容别人的缺点和错误，多想想别人的优点，这样一来，人与人之间的关系会越来越和谐。

给别人面子就是给自己留台阶

"给我点面子，行不？""你若是不赏脸，就是不给我面子！""这事儿实在是太丢我面子了。"……诸如此类的话，我想大家都已经耳熟能详了。可让人纳闷的是，面子既不是能果腹的美味佳肴，也不是能解渴的琼浆玉露，更不是能御寒的锦衣华服，那它为何有如此大的本事让人人都对它不离不弃，视若珍宝呢？

自古以来，就有"不为五斗米折腰"的陶渊明，还有"乌江自刎"的楚霸王项羽，从表面上看，他们一个不愿意和世俗同流合污，一个不甘心死在刘邦的手下，两者都是为了顾全自己的尊严和节气，可往深处探究，我们最终会发现一个事实，那就是他们都是为了自己脸上那一张薄薄的面子。

很多时候，面子不一定是我们自身最真实性格的表现，但它一定是我们想要呈现在公众面前的最佳模样，基于这一点，我们不难得出这么一个结论：面子的本质其实就是我们寻求他人与社会对自己的认同。常言道：士可杀，不可辱。在被杀和被侮辱面前，后者带来的痛苦总是要胜过前者不下百倍的，由此可见，生命之于个人的尊严和面子，实在算不得什么。

既然面子如此重要，那我们也应该不难理解诗人陶渊明和楚霸王项羽所做的选择了。然而，与人打交道，光理解人都是爱面子的这一点，其实并不足以让我们避免一脚踩进人际交往的禁区，我们要做的关键之事应当是竭尽全力给别人留一点儿面子。《菜根谭》曾云："路径窄处，留一步与人行；滋味浓时，减三分让人尝。"可别小看这窄窄的一步，退让的姿态里往往蓄积着积极进取的力量，必要的时候，给别人留一点儿面子，说不定就是以后的"路子"。

而一个凡事都要拼出个你死我活，不愿意给别人留几分薄面的人，其愚蠢卑劣的行径根本就是在斩断自己日后的退路。众所周知，人人都有自尊心，人人都好面子，一旦我们的言行举止伤害了他人，致使对方的颜面扫地，尊严受损，难保其内心不会生出怨恨和报复的念头，到头来，我们岂不是傻傻地树敌成群，让自己置身于险境？

古时候，有一个大官，平时没事的时候，他就喜欢找高手下下棋，日子一久，他也勉强算得上是打遍天下无敌手。有一天，投靠在他门下的某食客正与其对弈，这位食客也不是什么等闲之辈，刚一落子，就杀得他一个措手不及。

大官心想，这回可遇上一个强敌了，自己绝对不能掉以轻心，免得最后输掉棋局丢了自个儿的面子。然而想归想，现实依旧残酷，食客的步步紧逼竟让他心急如焚，大汗淋漓。眼看着大官就要"兵败如山倒"，食客一下子喜不自胜，他故意走错一步棋，让大官以为可趁机扭转局势，反败为胜。

就在大官手中的棋子落定之后，食客连忙使出绝招，一子落下，掷盘有声，赢得了比赛。大官瞬间愣了一下，过了好一会儿才知晓自己被对方耍了，突然从云端直接掉到了地上，他自然怒火中烧，于是二话不说，立马起身拂袖而去。

从此，大官再也不和该食客下棋，更别说提拔他，对其委以重任，使其在官场青云直上了。而该食客虽有满腹才华，却终身无所作为，谁叫他好胜心太强，全然不顾主子的颜面呢？

所以，说到底，该食客在官场上的抑郁不得志，还得怪他自个儿不识相，不懂得给大官留一点儿面子，最后白白葬送自己的大好前程。

"你希望别人怎样对待你，你就应该怎样对待别人。"很多西方人在待人接物上，总是将尊重放在第一位，他们之所以这么做，其实就是在践行这一真知灼见，这和中国人所说的"爱人者，人恒爱之；敬人者，人恒敬之"有着异曲同工之妙。在人际交往中，一个真正富有远见的人，一定会明白，给别人留面子其实就是在给自己博人缘，赢好感，留退路。

有一次，小宋去女友家拜访未来的岳父大人，两人坐在客厅内有一搭没一搭地聊着。刚开始，女友的父亲并不是特别待见小宋，他总觉得小宋还是毛头小伙子一个，没车没房没存款，别说让自己的女儿过上好日子了，就连能不能养活她都是一个问题。

这时，电视里正好在播放陈道明主演的电视剧《康熙王朝》，女友的父亲满脸赞赏之色地说："陈道明气质儒雅，他妻子王宪真有福气！"

小宋接着话茬说："叔叔，您说错了，他的妻子叫杜宪。"

女友的父亲瞪了他一眼，似乎非常不满小宋的"自以为是"，他冷哼了一声，说："姓王还是姓杜，难道我还没有你清楚吗？"

小宋知道自己说错话了，连忙向其赔礼道歉，笑呵呵地说："叔叔说的是，您见多识广，自然比我清楚，是我班门弄斧，太不知天高地厚了。"

老头子原本还想奚落小宋几句，还没来得及开口，女儿就从厨房端了一碟子水果出来了，她瞟了一眼电视，笑着对小宋说："这不是你喜欢的演员陈道明吗？"

小宋点了点头，女友接着又对父亲说："爸，陈道明的妻子杜宪可有名了！她以前还是央视的主播呢，模样和气质都不输给她老公。"

咦，难不成真是自个儿弄错了，陈道明的妻子真的姓杜不姓王？老头子顿时感觉有些尴尬，他偷偷瞄了一眼小宋，发现这后生神色安然，并没有将刚才的争执放在心上，也没有在女儿面前拆他的台的意思，也就渐渐地对其心生好感，觉得小宋是一个心胸宽阔且与人为善的好小伙，女儿果真找到了一个可托付终身的好对象。

"小宋，来，来，吃点儿水果，别客气，这果子甜着呢！"其实，果子甜不甜不重要，重要的是，小宋的通情达理和谦卑和善，让老头子的心跟吃了蜜一样甜。

后来，小宋和一群志同道合的朋友准备开公司创业，女友的父亲得知后，不假思索地拿出了自己积蓄已久的十万元存款，助其一臂之力。

印度小说之王普列姆昌德曾说："对人来说，最最重要的东西就是尊严。"其实，在某种程度上，尊严就是人们常挂在嘴边的"面子"，当我们在和人打交道时，处处维护他人的自尊和脸面，其实就是在种一棵日后可供自己乘凉的参天大树，小宋的经历刚好证明了这一点。

总而言之，我们都是俗世中的凡人，爱面子刚好又是凡人的弱点，因此，给别人留点儿面子，意味着提前为自己挣下一个可供回旋的关键台阶。其实说到底，给人面子就是不拆对方的台，言行举止处处小心谨慎，不说难听的话，不摆难看的脸色。既然我们都在原始的人性丛林里摸爬滚打，就要学会互相尊重，互相体谅，毕竟顾全他人的颜面并不会给我们带来任何的实际损失，相反，我们还会因为自己的"滴水之恩"，日后有可能获得他人的"涌泉相报"。

学会委婉的请求

有时候，开口就把所求之事告诉对方，一旦被对方回绝，便没有了回旋的余地。不妨尝试着用"顺便提起"的说话技巧，好像不经意间说出来，让对方不知不觉中答应下来。

美国《纽约日报》总编辑雷特身边缺少一位精明干练的助理，他把目光瞄准了年轻的约翰·海。而当时约翰刚从西班牙首都马德里卸任外交官一职，正准备回到家乡伊利诺伊州从事律师职业。

雷特请他到联盟俱乐部吃饭。饭后，他提议请约翰·海到报社去玩玩。从许多电讯中间，他找到了一条重要消息。那时恰巧国外新闻的编辑不在，于是他对约翰说："请坐下来，为明天的报纸写一段关于这消息的社论吧。"约翰自然无法拒绝，于是提起笔来就做。社论写得很棒，于是雷特请他再帮忙顶一个星期、一个月，渐渐地干脆让他担任这一职务。约翰就这样在不知不觉中放弃了回家乡做律师的计划，而留在纽约做新闻记者了。

由此可以得出求人办事儿的规律：央求不如婉求，劝导不如诱导。

在运用这一策略的时候，要注意的是：诱导别人参与自己事业的时候，应当首先引起别人的兴趣。

当你要诱导别人去做一些很容易的事情时，先得给他一点儿小胜利。当你要诱导别人做一件重大的事情时，你最好给他一个强烈刺激，使他对做这件事有一个要求成功的渴望。在此情形下，他的自尊心被激起来了，他已经被一种渴望成功的意识刺激着了，于是，他就会很高兴地为了愉快的经验再尝试一下。

凡是领袖人物，都懂得这是使人合作的重要策略。但有的时候，常常要费许多心机才能运用这个策略，有时候又很顺利。像雷特猎获约翰一事，他只是稍许做了些安排。

总之，要引起别人对你的计划热心参与，必须先诱导他们尝试一下，可能的话，不妨使他们先从做一点儿容易的事儿入手，这些容易成功的事情，在他们看来，往往是一种令人兴奋的真正成功。

不要当众指责他人

湖南卫视的一档明星亲子旅行生存体验真人秀节目——《爸爸去哪儿》中的一个有趣的片段。素有"小公主"之称的王诗龄，在玩皮影纸人时，突然和自己亲爱的爸爸王岳伦发生了小小的争执。

两人的矛盾起源于王诗龄的不听话，拿着皮影纸人瞎捣乱，而王岳伦为了制止她这种顽皮的行为，不让她把皮影纸弄坏，并影响到其他人，于是出言训斥了她几句，并拿走了她手中的皮影纸。这一下，可把她惹恼了，她冲着王岳伦大喊大叫："给我！"王岳伦自然没有理会她，还警告她不要再这样发脾气。

接下来的那一幕，让所有的观众都忍俊不禁，只见王诗龄气呼呼地离开了，她一边往外走，还一边脱下身上的衣服。恼羞成怒的王岳伦，连忙赶了过去，严厉地对她说道："你再这样，爸爸就把你送回家去。"可她全然把这话当作耳边风，还是执意解开衣服的扣子，这时，王岳伦一把抓住她的手，再一次重申自己刚才所说的话。

王诗龄大概是被爸爸的严厉吓着了，突然"哇"的一声，号啕大哭起来，王岳伦连忙紧紧地搂住宝贝女儿，把她抱到自己的膝盖上坐着。此时，王诗龄还委屈地在爸爸的怀里哭个不停，王岳伦则一边给她讲道理，一边用温情的话语安慰她。

最后，在王岳伦的威严教训下，王诗龄承诺再也不当着很多人的面乱发脾气了，而王岳伦则怜爱地说了一句："爸爸爱你，别哭了，有人在看你呢！"这个充满温情和趣味的画面，让许多内心柔软的观众，也情不自禁地跟着王诗龄一起落泪。人生在世，有这样的爸爸陪伴守护在身边，该是多么浓厚的幸福呀！

事后，王岳伦在接受采访时，曾说过这样的话："以前她闹或是怎么样的时候，我就有点儿手足无措，不知道该怎么说，或是也不得法，现在慢慢知道该怎么去说她了。小孩也有她的面子和尊严，但你要分事，如果每次都是这样去绕开她这样一个部分，然后去单独跟她说什么，其实她下一次还会再犯的，因为她知道你不敢在人多的时候说她，所以她就会有这种潜意识。但是我觉得，有时候就是要说她，让她知道陌生人在的情况下，爸爸也一定会批评你！"

确实如此，如果小孩子调皮捣蛋，家长在教育的时候，一定要懂得顾及他们的面子和尊严，不要总是当着众人的面，严厉地指责其过错和不足，因为这样做不仅会严重挫伤孩子们的自尊心，有时候甚至还会适得其反，激起他们的逆反心理。当然，当众批评与否，自然也要分事，像王诗龄的这种情况，王岳伦的处理措施堪称父母们的典范。

不过话又说回来，小孩子的世界毕竟不同于成人的世界，前者单纯天真简单得如一个美好的童话王国，后者相对而言就要复杂许多了。不管父母有没有当众批评自己，小孩子事后通常都不会太将这事儿放在心上，更谈不上为此耿耿于怀，尤其像王诗龄那样的小朋友，完全属于给点儿阳光就能灿烂一整天的乐观向日葵族。

　　而在成人的世界里，往往饿死事小，失节事大，一旦自己被别人当众指责，一定会感觉下不来台，十有八九还会产生激烈的负面情绪反应。如此一来，指责说教者非但没有成功地说服被指责者，使得其心悦诚服地接纳自己的批评，反而损伤了被指责者的颜面和自尊，让他们对自己心生反感、痛恨和厌恶。

　　另外，当我们当众指责一个人的时候，注意力一般都会集中在对方的错误或是缺点上，久而久之，我们就会感觉在这个世界上，除了自己似乎再无称心如意之人。毫无疑问，这种消极的认知势必会在我们的内心产生出难以负荷的消极能量，最后迫使我们成为一个吹毛求疵心胸狭隘之人，一来既得不到众人的喜欢，二来也让自己时刻处于抑郁愁闷的情绪之中。

　　古语有云：人非圣贤，孰能无过。眼里容不得沙子的人，总是喜欢当众指明他人的过错，或许在这些人的眼里，自己是出于热心和好心在帮助那些犯错的人改正缺点和错误。可殊不知，每一个人都不是完美无缺的圣人，当我们当众指责别人的时候，说不定别人心里刚好也憋着一大堆对我们的不满批评之词呢。不仅如此，每一个人都不喜欢被别人当众教训和指责，如果有不识趣的人执意要当众打自己的脸，那就别怪老虎动怒发威了。

　　其实，想要指明他人过错也不是没有很好的办法，善用"糖衣炮弹"的人，即使当众批评他人，也能顺利做到"良药不苦口，忠言不逆耳"，让对方心甘情愿地接受批评和忠告。

　　在《伊索寓言》里，有这么一则故事：有一天，暴躁的风和温柔的太阳比赛，看谁可以使行人把风衣脱掉。

　　"我先来！"风杀性勃发，开始释放出自己的寒冷，它拼命地吹啊吹啊，结果那位行人反而死死地裹紧自己的风衣。

风没有办法，只好停了下来，行人继续赶路。

接下来，太阳登场了，它什么话也没说，只是开始微笑，而且越笑越灿烂，结果行人感到越来越热，最后连忙把自己的风衣给脱了。

如果我们在批评他人的时候，能像寓言中的太阳一样，采取温暖的方式，轻声细语，满面和善，又何愁对方不会意识到自己的错误，并且及时地予以改正呢？总而言之，与其"狂风暴雨"般地教训别人，还不如给对方喂进去一颗裹着糖衣的苦药丸，唯有这样做，才能一箭双雕，既让别人接受了自己的批评意见，又完好地顾全了对方的面子和自尊。

人际关系专家卡耐基曾说："喜欢被人认可，感觉自己很重要，是人不同于其他低级动物的主要特性。"因此，我们在人际交往中，一定要注意细心呵护和满足对方的这种心理需求，万万不可当众指责对方，让其脸面受损，破坏他们想要被人认可和喜欢的美好愿望。要知道，当我们设身处地地为对方的面子和自尊着想时，对方才不会狠下心来，与我们"割袍断义"，断绝彼此之间的联系和情分。

好话要留在背后说

喜欢听好话似乎是人的一种天性。当来自他人的赞美使其自尊心、荣誉感得到满足时，人们便会情不自禁地感到愉悦和鼓舞，并对说话者产生亲切感，这时彼此之间的心理距离就会因赞美而缩短、靠近，自然就为交际的成功创造了必要的条件。

在背后说一个人的好话比当面恭维说好话要好得多，你不用担心，你在背后说他的好话很容易就会传到他的耳朵里。

对一个人说别人的好话时，当面说和背后说是不同的，效果也会不一样。你当面说，人家会以为你不过是奉承他、讨好他。当你的好话在背后说时，人家认为你是出于真诚的，是真心说他的好话，才会领你的情，并感激你。假如你当着上司和同事的面说你上司的好话，你的同事们会说你是讨好上司，拍上司的马屁，你便很容易招致周围同事的轻蔑。另外，这种正面的歌功颂德，所产生的效果反而很小，甚至有产生反效果的危险。你的上司脸上可能也挂不住，会觉得你不真诚。与其如此，倒不如在公司其他部门、上司不在场时，大力地"吹捧一番"，这些好话终有一天会传到上司的耳中的。

有一个员工，在与同事们午休闲谈时，顺便说了上司的几句好话："老板这个人很不错，办事公正，对我的帮助尤其大，能为这样的人做事，真是一种幸运。"没想到这几句话很快就传到老板的耳朵里去了，这免不了让老板的心也有些欣慰和感激。而同时，这个员工的形象也提升了。连那些传播者在传达时，也顺带对这个员工夸赞了一番：这个人心胸开阔、人格高尚，真不错。

在背后说别人的好话，能极大地表现你的胸怀和诚实，有事半功倍的效用。比如，你夸上司，说他公平，对你的帮助很大，而且从来不抢功。以后，你的上司在抢功时，可能会有那么一点点顾忌，也会手下留情。

如果别人了解了你对任何人都一样真诚时，对你的信赖就会日益增加。

在背后说别人的好话，会被人认为是发自内心的不带私人的动机的。其好处除了能给更多的人以榜样的激励作用外，还能使被说者在听到别人传播过来的话后，感到这种赞扬的真实和诚意，从而在荣誉感上得到满足的同时，增强了上进心和对说好话者的信任感。

如《红楼梦》中有这么一段：

史湘云、薛宝钗劝贾宝玉做官为宦，贾宝玉大为反感，对着史湘云和袭人赞美林黛玉说："林姑娘从来没有说过这些混账话！要是她说这些混账话，我早和她生分了。"

凑巧这时黛玉来到窗外，无意中听见贾宝玉说自己的好话，"不觉又惊又喜，又悲又叹"。结果宝、黛两人互诉肺腑，感情大增。

因为在林黛玉看来，宝玉在湘云、宝钗、自己三人中只赞美自己，而且不知道自己会听到，这种好话就不但是难得的，还是无意的。倘若宝玉当着黛玉的面说这番话，好猜疑、小性子的林黛玉恐怕还会说宝玉打趣她或想讨好她呢？

记住别人的名字

在电视剧《甄嬛传》里，女主角甄嬛原本对皇帝怀有一颗情深意切的少女爱慕之心，她曾在下着大雪的夜晚，独自一人来到倚梅园中，将自己的小像挂在枝头，为自己祈福，"逆风如解意，容易莫摧残。"然而天不遂人愿，贵为莞嫔的她，满腔痴心终究还是错付了他人，皇上深情地唤她为"莞莞"，其实并非在叫她的名字，而是在追思已逝的纯元皇后。

试问，被深爱的四郎当作纯元皇后的替代品，甄嬛如何能不痛彻心扉，寒入骨髓呢？在这个世界上，我们都渴望自己是独一无二的，名字虽只是一个简单的称谓，却也有着区别身份的重要意义。甄嬛的悲哀，首先是在于被皇帝叫错了名字，其次是在于皇帝根本不是在叫她的名字，不管是哪一种，都能给她带来有如凌迟般的切肤之痛。

其实，皇上不是记不住她的名字，而是心里压根就没有她甄嬛这个人，起码在已逝的纯元皇后面前，她从来都是一文不值，微若蚍蜉。而这一切，对于心高气傲的甄嬛来说，简直无异于皇上狠狠地抽了她一记耳光，感觉不到任何的尊重和怜爱不说，反倒满心满腹都是受辱的委屈和悲愤，仿佛一下子被人逼到了悬崖边上，再往后退一步就难逃粉身碎骨的下场。

通过这段故事情节，我们多多少少可以看出，在任何一段人际关系中，牢牢记住别人的名字，往往不止是一种礼貌，还是一种对他人的尊重和体贴。因为，不论在哪一种语言里，一个人的名字永远都是最为甜蜜、亲切、温暖和重要的声音。对于名字的主人来说，名字不仅仅是一个简简单单的代号，透过名字，他们可以观测到自己在他人心目中的位置。如果有人记不住自己的名字，这通常就意味着此人忽视了他们的存在，而在人际交往中，一个连基本的尊重和关注都懒得给予的人，他们自然也就没有必要花费自己宝贵的心思在其身上。

卡耐基曾经说过："一种既简单又最重要的获取好感的方法，就是牢记别人的姓名。"众所周知，人际交往的第一步永远都是从对方的名字开始，因此，我们能否记住别人的名字，直接决定了我们能否成功打开对方那关得严严实实的心扉。

吉姆法里从来没有读过高中，可就在他46岁那年，四所大学却出人意料地授予其荣誉学位，不仅如此，他还成了民主党全国委员会的主席、美国邮政总局局长。

很多人对他的辉煌经历感到非常惊奇，"你的成功秘诀是什么，可否跟我们分享一下？"

"很简单，努力工作就行！"吉姆法里如是说道。

"不可能吧，听说你可以一字不差地记住一万个人的名字？"

"不，你搞错了！"吉姆法里自信满满地说："我能记住的名字可不止一万个，最少也有五万个！"这就是吉姆法里的过人之处，每当他认识一个人时，都会问清楚他的全名、家庭住址、家庭情况、从事的职业以及所持的政治立场等等，然后再经过反复记忆，把这些信息深深地镌刻在自己的脑海里。

事后，不管过去多少年，当他再次与这个人相遇时，他绝对能够清楚地叫出对方的名字，并热情地迎上前去，拍一拍对方的肩膀，仔细询问一下其最近的家庭、工作状况，嘘寒问暖一番。正是因为吉姆法里的用心和亲切，被他叫出名字的那些人都对他怀有好感，彼此间也慢慢地建立了良好的人际关系。

吉姆法里曾说："记住人家的名字，而且很轻易地叫出来，等于给别人一个巧妙而有效的赞美。因为我很早就发现，人们对自己的姓名看得惊人的重要。"其实，与其说人们把自己的姓名看得极为重要，还不如说人们的内心都非常渴望被他人重视，而名字刚好就是这种需求的最佳载体。因此，当吉姆法里热情洋溢地叫出一个人的名字时，对方从中感受到的不仅仅是他表现出来的礼貌，更是一种发自内心的真切尊重和高调赞美。

凭借着这项本领，吉姆法里最终成了罗斯福背后幕僚群中的一员，就在罗斯福竞选美国总统时，他还马不停蹄地搭乘火车，穿梭往来于中西部各州，友善亲切地与当地民众进行推心置腹的交谈，时不时还一起集会和吃饭，一边感受他们的真实心声，一边大力宣传罗斯福的政见。回到罗斯福身边后，吉姆法里又致信给各州的朋友们，恳请他们列出所有与会人士的姓名和家庭住址，然后装订成册邮寄给他。

没过多久，吉姆法里就收到了这本多达数万人的名册，他决定不辞辛苦，亲自写信给名册上的每一位民众。在信件的开头，吉姆法里就亲切地直呼对方的名字，比如"亲爱的约翰""亲爱的安娜""亲爱的比尔"等，寒暄的内容一过，他还会在信尾署上自己的名字"吉姆"。

正所谓精诚所至，金石为开。如此用心地对待每一位选民，毫无疑问，吉姆法里的辛勤付出最终换回了选民们对罗斯福的拥护和支持，帮助其顺利入主白宫。

名字之于每一个人而言，即便称不上是最重要的东西，也是最为熟悉的东西，因为我们从出生到去世，无不与名字纠缠在一块儿。一个人不能没有名字，名字是我们区别于其他人的重要标志，这看似简简单单的几个字，一旦被人轻松而又亲切地叫出来，我们的内心一定会深受震动和感动。因此，当我们与人来往时，牢记对方的姓名绝对是一件迫在眉睫之事，唯有如此，对方才会敞开心扉，和我们越走越近，越走越亲。

第六章
有点野心，让你的抱负配得起努力

人生有终点，这个终点不是死亡，而是你野心被满足的那一刻。很多人提倡不应该有野心，他们认为，这样会导致一个人欲望无限膨胀，最终害人害己。其实，有点野心并不是什么坏事，如果你没有野心，你哪有努力的动力，又怎会坚定不移地去实现自己的理想呢？

做个有野心的人

第六章

法兰西第一帝国皇帝拿破仑的一句话被人永远记住了，他说："不想当将军的士兵不是好士兵。"这句话说的其实就是"野心"。在职场中，一些人将这句话发散为"不想当老板的员工不是好员工"或者"不想赚大钱的员工不是好员工"。

从职场心理学角度而言，"野心"其实就是目标。一个人的野心就如同一部强大的发动机，可以让人时刻保持发动状态。在遭遇困难时、面对逆境时，"野心"甚至是很多人唯一的"盼头"。

这种对目标的渴望被一些心理学家称为"目标法则"，也就是当一个人对某个目标有无限大的欲望时，他的行动力也会无限增大。

迈克尔·戴尔出生于美国一个比较富裕的家庭，父母对戴尔有着很高的期望，他们希望儿子能够成为一名医生。因为这一职业不但享有崇高的声誉，而且也有着不错的收入。

可戴尔对医学没有一丁点儿的兴趣，相反，他对经商却有着无比巨大的渴望，从小就希望能够经商，成为富翁。

12岁时，戴尔就开始了自己的尝试。他通过邮购目录销售邮票，在上小学的年纪就赚了整整两千美元。到了高中，他又从各种渠道寻找最可能的潜在客户，并向他们推销《休斯敦邮报》，使得本身平淡无奇的卖报工作成了赚钱的好差使。很快，他就利用自己努力赚来的钱买了一辆不错的宝马车，风光一时。就连当时车行的老板看着这个年纪不大的男孩子来买车时都是一脸的错愕。

戴尔的父亲是一位严谨的牙医，母亲是一个能说会道的经纪人，他们处于社会的中上阶层，对于稳定体面的职业有着特殊的偏好。所以，尽管戴尔对自己的成就引以为傲，对未来充满了遐想与信心，但他怎么努力也无法说服父母支持自己。特别是戴尔的父亲，非常享受作为医生的职业成就感，认为子承父业是最好不过的选择。

后来戴尔的父母亲对儿子的选择很是不满，戴尔为了顺从父母的意愿，1983 年高中毕业后就进入了奥斯汀的得克萨斯大学学习生物，但戴尔私下却对经商仍然十分热情。此时，他接触到了计算机，感到整个计算机市场对个人电脑的大量需求并不能给予充分的满足，而零售商店的个人电脑价格太高，明显超出一般消费者的心理预期。针对这种情况，戴尔想出了一条赚钱的好路子：用各种零件组装电脑卖给客户。

说做就做，戴尔开始说服一些零售商将库存的一些电脑配件以成本价卖给他。一方面，他通过电话拉客户；另一方面，他又在电脑杂志上刊登广告，以低于市场价 15% 的价格出售个人电脑。此后，订单如潮，他就在自己的宿舍里组装电脑，为自己赚取了第一桶金。

1984 年春，戴尔提前离开校园，用自己赚来的钱开办了一家电脑公司。第一年，公司就赚到了 600 万美元。此后，他的公司一直是美国发展最快的电脑公司之一。而戴尔也成了全国家喻户晓的人物。1993 年，戴尔的公司销售额就突破了 20 亿美元。现在，戴尔电脑已经成为一个知名的电脑品牌，产品畅销全球。

这便是野心的魔力，它能使一个本来普普通通的人成为财富巨人！

为什么"野心"有如此大的魔力？从心理学角度而言，野心有提高自我评价、增强自信的作用。没有"野心"的人就如同一辆没有"远大目标"的车，目的地很近，永远跑不了太远。所以，我们只有保持自己的野心，才能够激励自己不断地去学习、去进步，也能够为自己创造更好的条件去完成最终目标。

当然，有"野心"是好事，但"野心"也不能过大甚至不切实际，那样的"野心"不仅不会成就你的事业，反而会令人处于达不到目标的苦恼当中。所以，"野心"如饮酒，必须适量。

那么，如何保证一直有"野心"驱动，又不过于强烈，甚至是不切实际呢？

第一，列下想要实现的目标。没有目标也就没有方向，在职场当中，确定目标非常重要。

第二，列下实现目标的理由。在设定目标的同时，也不要忘了列出要实现这个目标的理由，如果这个理由足够充分，能够说服自己，我们还会轻易放弃或改变它吗？

第三，列下实现目标的条件。我们必须要清楚自己具备什么样的条件和需要什么样的条件。比如说，如果我们想要成为一名高管，却不知道一个高级管理人才该具备什么样的条件，那么，这种目标有意义吗？

第四，列下在目标实现过程中可能遇到的阻碍性问题。知己知彼，方能百战不殆。我们不光要清楚自己的优势，还要看到在实现目标过程中会遇到的困难。有的困难在脑海中看似很难解决，一旦写下，可能就会发现原来解决方法如此简单。

第五，设下实现目标的时限。有多少宏伟的目标都败在了拖延症脚下，所以，我们必须要给自己的目标设下闹钟，每分每秒都能给自己提醒，离目标达成期限还有多久。

第六，制定一个详细的时间表。每天做了些什么，是否完成了预定目标，把实现目标的任务细化到每一周、每一天甚至是每一个小时。

总而言之，"野心"是成功的催化剂，是我们在职场步步高升的必要条件。我们不必惧怕自己的"野心"，要学会让那个"野心"为我所用，当然，"野心"也要切合实际，我们不能让自己的"野心"过度膨胀。只要合理地运用好"野心"这台发动机，我们就能够不断地强大自己、完善自己，最终实现职场当中的最佳目标！

相信自己，鼓励自己

"我是一个聪明的人。"

"我是最棒的。"

"我能出色地完成工作。"

你在日常生活和工作中有没有经常这样鼓励自己？据说，伟大的喜剧演员卓别林在每天早上都会对着镜子对自己说："你很棒，你一定行的！"而我们中又有多少人每天给予自己这样的鼓励？

鼓励对于人的作用是不言而喻的，无论这鼓励是来自自己还是他人，都能够使得受用者产生强大的自信心和行动力。心理学的"自我实现预言"恰好阐明了这一点。

自我实现预言是指我们对待他人的方式会影响到他们的行为，并最终影响他们对自己评价。也就是说，当我们给予别人肯定和鼓励时，会影响到他们对自己的评价。我们说某个人能干、有实力，他对自己的评价也会更多的往积极的一面靠拢。

这一理论最著名的实验出自心理学家杰克布森在 1968 年的一次尝试。

首先，他们给一个中学的所有学生做一个 IQ 测试，然后将"虚假的答案"告诉学生的老师，他说其中一些成绩不足的学生的智商非常高，并把这一消息也透露给了这些学生。他还特地告诉他们，这些高智商的学生在未来的学习中会实现飞跃式的进步。

但事实上，杰克布森只是给他们做了一个简单的实验，并没有真正去测试他们的智商。但随后的实验结果却是惊人的，那些被老师认为"高智商"的学生在以后的学习当中果然实现了突飞猛进。

后来，杰克布森得出结论：第一，老师的期望值在不知不觉当中给了这些学生鼓励，使得他们投入了更多的感情和精力到学习当中来；第二，对于"高智商"的学生，老师也在不知不觉中给予了更多的反馈，帮助了这些学生成长。

这是自我实现预言给人带来的显著影响，它充分说明了其实每个人都想让自己表现得更为出色，他们只是缺乏调动自己积极性和热情的必要动力。而他人的鼓励和认同正是起到了这样的作用。

这是他人评价对个体的影响，同样的道理，我们对待自己的评价也会影响到我们的行为，并最终影响我们对自己的评价。

德国专家斯普林格在其所著的《激励的神话》一书中写道："强烈的自我激励是成功的先决条件。"如果一个人能够时刻鼓励自己、暗示自己可以克服困难，解决麻烦，那么，他在克服困难和解决麻烦的过程中遇到的障碍一定会比一个怯懦、退缩的人要少。

有个青年常为失眠而烦恼万分。一天晚上，他上床后辗转不眠，因为他恰好失业，债台高筑，按照他目前的经济状况，根本无力偿还。

伤心难过了大半夜，他忽然对自己提出了这样一个问题：为什么那么多人都能够轻松自如地工作生活，我却不能，这到底是为什么？

想到这个问题后，年轻人开始回顾自己的工作历程。从学校毕业走入社会那一刻起，他觉得自己没有学习什么像样的技能，脑子也不是很灵活，情商也不高，所以找工作时畏畏缩缩，最后选择了一家普通公司里的普通岗位。在工作期间，他并不是没有机会，可是当公司每次需要人站出来的时候，他总觉得自己资历尚浅，没有能力解决。渐渐地，他沦为公司的边缘人物，存在与否对公司影响不大，最终，他被公司裁掉。

想到这些之后，他又对自己进行了深入的剖析，并得出一个结论：我和大部分人是一样的，他们也只是普通人，他们有的我都有，我缺少的也是他们所缺少的，但是他们中有的人却做得比我好，这其中一定有原因。

到了后半夜，他终于想明白，自己缺的并不是什么技能、智商、情商，而是一条"我能行"的信念。

经过彻夜思考之后，他重新认识了自己，给自己定下了一个规矩：每天出门前对自己说三声"我能行"，解决了任何麻烦哪怕是打扫完卫生都要对自己说一句"我真棒"。

这种自我鼓励的生活方式被他很好地保持了下来，一年后，奇迹发生了，他重新找到了一份非常不错的工作，并在不到一年的时间内当上了总经理助理。他不但改变了自己的经济状况，还彻底改变了自己的精神状态——他变成了一个自信满满的人。

这便是自我鼓励的巨大作用，当我们每天沉溺在失败的痛苦和失误的懊恼当中时，很多人都渴望得到他人的安慰和鼓励，殊不知，在人生道路上，自己才是最好的心灵导师。我们对自己的鼓励有时甚至会比他人的鼓励更有作用，因为一个人只有彻底劝服了自己，才能够无坚不摧。

在职场当中，自我鼓励如同一口新鲜空气，可以让人瞬间焕发活力，产生巨大的行动力，只要你愿意，这种"新鲜空气"可以源源不绝而来！

给自己找一个更加努力的内部动机

我们每天早出晚归，在拥挤的地铁、公交中间穿梭，而当我们每月看到并不能令自己满意的工资单时，很多人必然要问："这样不辞劳苦地工作，它的价值究竟在哪里？"

其实，工作价值作为一种抽象的定义，它本身的意义往往涵盖在工作的全部过程之中，而我们对它的看法又起着决定性作用。人自发地对所从事的活动的认知就是内部动机。有一个寓言故事或许能更形象地阐述何为内部动机。

有一棵桃树，每年能结 100 个果子，但有 90 个都被人摘走了，自己只剩下 10 个。桃树很气愤，觉得这都是自己辛辛苦苦"孕育"出的，凭什么多数让别人拿走。于是第二年，桃树放弃了成长，只结了 50 个果子，让别人拿走了四十个。桃树心里一合计，结 100 个果子和结 50 个果子到最后都剩下 10 个，还是少出点儿力为好，结果它又放弃了成长。后来这棵桃树结的果子越来越少，最后一个果子也长不出来了，枯死在院子里。

这棵桃树对果子数量和自身成长的态度正是一种内部动机的表现。桃树只看到了果子数量，忽略了自身成长的过程，假设它没有放弃成长，或许来年能够长出 1000 个果子。果子的数量其实并不重要，重要的是从一棵小桃树长成参天大树的过程，到了那个时候，任何阻碍自身变粗变强的因素都不值得一提。

一个人的内部动机可以说为他从事某项工作成与败、好与坏奠定了基调。现实中，很多人一开始工作的时候意气风发、信心爆棚，有的甚至树立了夸张的职业规划和个人目标。结果，工作头一遭就碰了一鼻子灰，比如没有得到领导的重视、把一个简单的工作做砸了，遭到领导的严厉批评、所发的薪水和自己的预期目标相去甚远，等等，然后就灰心丧气，干劲全失，俨然变成了那棵放弃成长的桃树，最后不再努力，愿意用自己现有的能力去匹配所得的"果子"。等到若干年之后，我们回首这时的自己，发现当年的雄心壮志早已经不复存在，是负面的内部动机在那个时候阻碍了我们的工作有进一步的发展。

我们之所以会犯这样的错误，是因为忽略了工作过程是一个长期的过程，我们贪图一时的工作绩效，没有看到长远的发展，再加上耐挫性的欠缺，造成了工作和成长的停滞不前。总体说来，内部动机并没有指向性，它跟随我们的意识驱动而行动，因此，这就要求我们在工作中能够合理正确认识到工作的价值所在，驱除外部因素和片面价值观的干扰。关于这一点，曾经有一个年长的心理学家无意间做了一个实验：

一位心理学家退休之后在家里过上了平静舒适的生活，但是在他家旁边有一所小学校，每到中午上学前，就有几个学生在他家窗边嬉戏打闹，扰得心理学家不能好好午休。忍了几天之后，心理学家终于承受不住了，但是他没有出去向几个孩子大发脾气，而是想通过一个心理实验，看看能不能让他们自动离开。

心理学家打开门，掏出钱包给每个孩子十元钱，说："我非常喜欢你们在我的窗前玩儿，听到你们嬉戏打闹的声音，勾起了我对童年的回忆，希望你们明天还能来。"几个学生拿着钱兴高采烈地走了。

第二天几个学生又来了，这一次心理学家给了每人五块钱。等到第三天的时候，心理学家将钱数减少到了两元钱。这一次，学生们看到拿到的钱越来越少，脸上的笑容也渐渐消失了，有的很不开心地自言自语道："只有两块钱，真没意思！"心理学家讲，自己退休了，收入有限。学生们垂头丧气地离开了，之后再也没有到心理学家的窗前玩。

这个心理小实验进一步阐明了内部动机所产生的效能，几个小学生之所以最后会离开，是因为后两次地玩耍已经不是为了他们自己再玩，而是出于一种被动的，为了能得到心理学家的钱而玩。其实对于人的心理动机来讲，不仅仅有内部动机，还有外部动机。内部动机是自我掌控的一种动机，我们是主人。而外部动机则是凌驾于我们主观意愿之上的动机，我们一旦被它左右，便会成为关在笼子里的鸟，失去人身自由。

如果把这个小实验所揭示的意义还原到我们的日常工作中，老板给我们的一些物质奖励、职位奖励，正如心理学家给小学生的钱，它操控了我们的行为，同时也影响到了我们的内部动机，令我们迷失，不能判断工作究竟是为了这些有限的物质结果还是为了自身工作能力的提升。

实际上，把握自身的内部动机，不让它受主观因素和外部动机的影响，方法并不难，那就是将工作的价值还原成工作本身。我们工作的目的可以是为了薪酬、为了晋升，但那不是全部，驱使我们在事业上付出更多的，是一种对自身发展的全局性把握，把眼光放长远，真正的成功不是眼前的蝇头小利，而是从工作中提炼出的对自身价值的判断力和自信心，只有这样我们才能在长期的工作过程中不断证明自己的价值。

用最高的标准去要求自己

有很多企业管理者都对刚进入企业的大学生菜鸟们有这样的意见：重理论而轻实际，眼高手低。这其实是一种很普遍的现象，很多刚从校园走出来的新手都会有这样的毛病。

而在职场当中，这种毛病也不只存在于刚踏入社会的大学生。事实上，这是职场中人的一种通病。因为它的本质是一种"认知偏差"，也就是个人的"自我认知"和工作当中"真实情况"的差距。

每个人都会有自己的世界观和人生观，在工作当中，工作风格也会受到自我观念的影响。比如说，一个人认为做任何事情只要能够让自己开心、快乐就成了，那么在工作当中，他的这种观念就会导致巨大的灾难。上级交代的一份工作非常重要，但却让人做得很不开心，难道就可以轻易放弃吗？

显然，这是不可以的。归根结底，这是"自我认知"带来的。而一旦"自我认知"与"真实情况"相去甚远，那么，麻烦也就接踵而至。

王山明是一家广告设计公司的设计师，一名90后的年轻人。在同事和上级眼中，他有才华，有能力，曾经帮公司出色地完成了多个重要任务。但他的另一面却让上级叫苦不迭。作为一个年轻人，王山明有很强的主见，作为一个三人团队的领头羊，他对同伴的设计稿多有挑剔，动不动就让人家从头再来。而对于上级给予的一些意见，他经常是左耳朵进，右耳朵出，表面上点头，内心里却不以为然，觉得上司太过迂腐，都什么年代了，那种想法还能行吗？

有一次，公司接到一个重大项目，恰好就交给了王山明团队。在设计研讨会上，设计部的经理对王山明说："这次的设计方案一定要按照对方的要求来，他们希望自己的汽车广告能够迎合时下一些客户的'复古心态'。"

王山明点了点头，不置可否。在项目研讨会上，设计部经理不止一次地重复了这个话题，每次王山明都是点头，不做评价。

可是，在进入设计流程之后，王山明似乎把这些话忘了个精光。手下两个人给他的广告语和图样设计通通被他否决。他还头头是道地说："客户怎么可能理解广告的精髓，就算他们需要迎合什么'复古心态'，也没必要在广告上做体现，现在的广告，不新、不潮，谁会买你的账。"

二人无奈，只能迁就着他，按照他的意见一步步设计，等到整个广告策划出来，他们总算是看明白了，除了这款车型，广告中跟"古典"能扯上边的元素压根儿就没有。

在任务截止日期前两天，王山明将这份设计稿交了上去。经理看完之后有些不满意，他说："不是让你体现'古典'吗？怎么尽是这些新潮的词儿？"

王山明说："谁说'古典'不可以用'新潮'来表达，我对自己的策划方案有信心。"

因为跟客户约定的交稿时间接近，经理也没办法，只好硬着头皮将这份策划方案交了上去。

仅仅一天后，客户就给出了反馈信息：策划方案与我们需要的完全是两样，如果不能在近期内重新补充一份的话，合作将中止。

没错，王山明的失误导致公司最终丧失了这个非常不错的项目。

王山明认为他"看中"的就一定是客户能"看中"的，这种认知偏差是这场失误的罪魁祸首。而这种认知偏差在很多职场人身上都会有体现。它产生的主要原因有以下几点。

第一，由首因效应导致。

当人与外部环境进行接触时，首先被反映的信息，对于形成人的印象起着强烈的作用。简单地说，首因效应即是人对外部环境的第一印象。首因效应之所以会引起认知偏差，就在于认知是根据不完全信息而对交往对象做出判断的。比如说一位老师会因为对一个学生的第一印象很好，就会在以后的学习和生活当中给予他更多的关注。

第二，由近因效应导致。

与首因效应相反，是指在多种刺激依次出现的时候，印象的形成主要取决于后来出现的刺激。比如说，某个人在刚进公司时对某位同事的印象很糟糕，因此便处处疏远他，但是这位同事在最近恰好给予了他很大的帮助，那么这个人可能会重新接受这个人。而事实上，他对这位同事的了解还不够细致。

第三，晕轮效应导致。

晕轮效应是指认知者靠经验去推断人物或事物特征的一种效应。比如说，当我们对一个人的某种人格特征形成好或坏的印象之后，我们还会倾向于据此推论该人其他方面的特征。当我们的某种做法收到了非常好的效果，我们下次在面临同样的任务时，很有可能就会采取上一次的做法，这是一种非常常见的"照搬经验法"。

　　美国著名心理学教授哈瑟尔顿曾经说过，认知偏差是适应世界的一种方法。这话不无道理，谁不是从错误中认识到正确的呢？但是职场中人也应该切记，对于要求严格甚至是苛刻的工作任务来说，认知偏差也是致命的。如果一个人一味地坚持接受自己所认为的"一切"，那么他在正确的道路上一定会处处受阻。所以说，认知偏差是一种很正常但却值得警惕的"心理麻烦"，必须早日戒除，也只有这样，我们才能找到一条最适合自己的工作窍门！

努力也会带来内在报酬

IBM 是全球最大的信息技术和业务解决方案公司，拥有全球雇员 30 多万人，业务遍及 160 多个国家和地区。他们在中国也有很大一部分业务。但业内很多管理学家却发现，IBM 公司的工资在外企中并非是最高的，但也不是最低的。他们的内部有这样一句拗口的话：加薪非必然。

为什么这样一个规模庞大的集团在薪酬制度上会如此保守，甚至会让外人觉得"吝啬"呢？

IBM 的一位高层在一次采访时给出了答案："薪酬是企业管人的一个有效硬件，直接影响到员工的工作情绪，但是每一个公司都不轻易使用这件精确制导武器。如果使用不好，不仅不能激励员工，还可能造成负面影响。"

他口中所说的负面情绪其实就是心理学当中经常引用的一个术语——德西效应。

何谓德西效应？

1971 年，心理学家德西进行了一次专门的实验。他挑选了一批大学生作为实验对象，让他们在实验室里解答几道有趣的智力难题。德西将实验分为三个阶段，第一阶段，所有解答出难题的实验对象一律不给奖励；第二阶段，他将实验对象们分为两组，并告知其中一组在解答完难题后可以得到一美元的报酬，而另外一组跟第一阶段一样，没有任何报酬；第三阶段，他让实验对象休息放松一下，让他们在原地自由活动，并让他们自己决定是否有兴趣继续解答这些有趣的智力题。

实验结束后，结果出来了：在第一阶段，大家都对这些有趣的智力题很感兴趣，解答起来也很卖力；在第二阶段，那些被告知可以获得奖励的实验对象明显丧失了之前的热情，兴趣和努力程度都在减弱，而无报酬的一组则继续保持着良好的兴趣；当进行到第三阶段时，效果更加明显，被告知有报酬的一组中有很多人已经丧失了解题兴趣，干脆放弃了继续下去的念头，而无奖励组中的一些实验对象则愿意花更多的休息时间继续解题，兴趣不但没有减弱，反而还在增强。

德西据此得出这样的结论：在某些情况下，人们在外在报酬和内在报酬兼得的时候，不但不会增强工作动机，反而会减低工作动机。人们为了纪念德西在这上面所付出的努力，便将这种心理现象称为"德西效应"。

这种心理现象在职场中有较多的体现。譬如说，一些公司员工整天抱怨自己的工资低，付出的劳动和所得到的报酬不对等，所以会心生不满的情绪，可一旦公司给他们加薪，一个奇怪的现象就出现了，这些人的工作能力反而不如低薪时了。

此时，"薪水"作为一种外界因素并没有起到刺激你行动的关键，反而起到了反作用，这难道不值得深思吗？

在每年年初沿海的"用工潮"中，很多私企老板都会抱怨，现在是招人难，留人更难。浙江温州一位皮革制品厂的老板更是坦言："我已经连续给我的员工涨了好几次薪水了，可十个人里面我还留不住一半，每年都得到人才市场去抢人，现在真有点儿糊涂了。"

其实这个道理很简单，就薪金这个角度而言，原有的外加报酬如果距离人才需要满足的水平太远，直接激励的原有强度又不足，必然导致"德西效应"。如果人才觉得工作本身所具有的外在报酬和内在报酬都不尽如人意，即使外在报酬不断增加，也无法达到他的预期，转投他处是必然的结局。

这就说明了，在很多时候，能够刺激我们努力工作的不仅仅只是外在报酬而已，内在报酬也很重要。

何谓内在报酬，简而言之，就是我们对自我价值的一种预期。也就是说，人们在从事某项工作时，除了对外在报酬有预期之外，对内在报酬也会有一定的预期。因为人们工作不可能仅仅只是为了挣点儿票子，在没有工作经验的时候，需要在工作当中积累经验；没有资源时，他需要在工作当中寻找资源；没有技能时，他还需要在工作当中学习技能。也就是说，如果我们能够获得自己需要的内在报酬，那么对于外在报酬的预期也就相应降低。这也是为什么那么多刚毕业的大学生挤破头皮，就为了某大公司的一个实习岗位。

所以说，在职场奋斗，除了外部报酬之外，我们还应该更多的利用内部报酬来刺激自己。在一份工作岗位上，如果我们收获不了很高的薪水，那么就一定多想想我们还能够从这份工作当中收获什么？

美国富翁克里斯·加德纳曾经是一位穷困潦倒的失业者，他读书不多，20多岁的时候做医疗物资的推销员，微薄的薪水还要用来养活老婆孩子。一个偶然的机会，他接触到金融行业，并发誓要进入这一行。

于是，加德纳利用一次偶然的机会，接触到了某证券公司的高层，并通过自己的努力进入到这家公司做实习生，可令他没想到的是，公司告诉他，在为期数月的实习期间，他没有任何薪水，一切花费都要自掏腰包。

在这最艰难的时候，他的妻子离开了他，而他手上也仅剩下几百元。但他为了自己的梦想，毅然决定接受对方开出的实习条件，在那里免费替别人做几个月的"苦工"。

皇天不负苦心人，在实习期结束之后，加德纳成功脱颖而出，留在了公司，事业一帆风顺。1987年他在芝加哥开设经纪公司做老板，成为百万富翁。

加德纳的故事后来被人改编成一部感动无数人的电影——《当幸福来敲门》。

试想，在面对"数个月无薪水"的工作时，有多少人会选择去做？那加德纳又是如何劝服自己，让自己接受这份外部报酬为零的工作呢？

答案很简单，因为刺激加德纳的并不是那几个月的薪水，而是因为那家公司有他梦寐以求的平台和他极度需求的知识。

这便是一个成功者的经历，值得很多人深思。当我们一味渴求外界因素来刺激自己的工作热情时，是否能回首自顾，问一下自己："我究竟需要什么，只是薪水吗？"

心中有理想，行动不慌张

关于行动力，有这么一句话：机会是种子，行动是金子。意思是，一个人不但需要机会，还需要有获取机会的"行动力"。此话不假，现实生活中，有很多思想上的巨人，行动上的侏儒。人如果只是沉溺于自己的幻想中，空有理想而不迈开双脚，那么永远都只能原地踏步。

每一个伟大的人都是用行动去践行自己的梦想的。

中国女子职业搏击第一人唐金的故事或许能证明这一点。

在22岁之前，唐金只不过是一个对武术故事痴迷的普通女孩，她说："我小时候喜欢读花木兰的故事，觉得会功夫的女孩子很潇洒，周围没有一个人会想到日后我会成为一名职业搏击运动员。"

2007年，年近22岁的唐金来到北京打拼，她的目标是打入女子搏击舞台。经人推荐后，她师从意拳名师刘普雷先生学习功法，这是唐金首次有机会真正接触武术。从进入这行的第一刻起，唐金就锁定了自己的目标，并且全力去追梦。

敢想敢做，唐金开始了自己搏击梦。从一个初学者到一个上台比赛的职业拳手，这不仅仅是身份的简单转变，更是从身体到精神的一次残酷磨炼。对于拳击手而言，提升实力没有捷径可走，必须付出百倍千倍的努力。而要在短时间内成为冠军，更是要付出不知多少倍的努力。唐金从小生长在一个家庭条件不错的环境当中，没有吃过什么苦。在最初接触到职业搏击时，她的生理和心理都遭受了极大的摧残。

但唐金的性格又是倔强的，她自幼不肯服输。国内缺少女子搏击运动员，唐金就和男运动员一起训练，在场上甚至比男运动员更加努力。别人每天训练 4 个小时，她就训练 6 个小时，别人训练 6 个小时，她就训练 8 个小时。别人周日休息，她还在训练，除了吃饭、休息、训练之外，她几乎没有任何业余时间。

在擂台上搏杀，受伤也是在所难免的，唐金也不例外。她的眉弓缝过 5 针。鼻子骨折过两次，肋骨也断过。但相比于心中的目标，她觉得这一切都是可以忍受的。

终于，唐金从艰难困苦中脱颖而出，成长为中国女子搏击领域最受瞩目的明星，人称"搏击玫瑰"。

在成功之后，她回顾自己的成名路时说道："只要你相信自己并付诸行动，就能不断接近自己的目标。前进的道路上没有失败，只有放弃。冠军就是把自己的想法付诸行动，并且贯彻到底的人。"

总是活在自己所营造的假象当中，觉得天上会有免费的馅饼，那永远也吃不到馅饼。怯懦、拖延的性格，会造成一个人的懒惰，无论遇到什么事，总想着要别人帮自己做，那么这个人一辈子也没有什么出息。就算有理想，也不过是水中花、镜中月，没有实现的可能。

所以，行动力一定要强，想要成为什么人，想要做成什么事，心里决定了，就在当时当刻开始行动，从最基本的事开始做起，从最平常的行为开始改变，一步一步走向自己心中的梦想彼岸。

如何做到这一点呢？

首先，找出实现自己理想的条件。先把前期条件找清楚，才能够将理想分解为一个个细化的小目标，然后有的放矢，一点一点地积累，梦想自然会实现。

其次，要对自己狠一点儿。确实，付诸行动很痛苦、很难受，但是不经历蚕茧里暗无天日的涅槃，怎能在以后成为最美丽的蝴蝶？在职场中，如果你每天都只是得过且过，能拿60分，就不去追求100分，那怎能成事、成才？

最后，无规矩不成方圆，要给自己制定一个非常详细的时间表。在什么时候该完成什么，必须要完成什么，都写在纸上。一个梦想，乍一想，可能觉得遥遥无期，但实际上，一旦我们将它分解开了，会发现其实完成它、实现它并不是什么难事。

把自己的梦想牢牢记在心里，开始行动吧。每天行动一点点，终有一天梦想会实现。每天什么都不做，只是空想，梦想终有一天会被现实击破打碎。

你想成为谁都可以

是否有那么一刻，你看到一个个伟人、名人的故事，会好奇，会疑惑，会想问："这些人到底是如何获得成功的？"

这个问题当然没有一个标准答案，有的人说是机会好，有的人说是有天赋，有的人说是持之以恒，有的人说是贵人相助。

但有一个前提是谁都不能忽视的，那就是：这些成功的人都有一颗敢想的心。

熟悉汽车的人都知道，现在汽车的发动机最多可以达到16个缸，比如一些速度极快的跑车。而一些四缸、八缸的车也不少见。可是有多少人知道，在汽车出现之初，双缸被人们认为是汽车发动机缸数的极限。

可是偏偏有人就不信这个邪。

美国著名的汽车之父福特，在生产汽车时，他的公司只生产两缸汽车。有一天，福特突发奇想，他觉得，两缸汽车产生的马力有限，可不可以生产出更多的汽缸，以扩大汽车马力呢？

于是，福特找到了公司里的科研人员，并对他们说："现在我要让你们研究生产四缸汽车。"

科研人员听了之后都摇头说："我们不可能生产得出来。"

福特说道："我不管什么可能不可能，你们给我研究就是了。"

研究了一年之后，科研人员还是说："报告老板，四个缸的汽车是不可能生产的。"

福特愤怒地说："你们这些蠢货，让你们研究，你们就继续研究，明年我还是要四缸汽车。"

这些科研人员都靠福特吃饭，老板的话怎么能不听？于是他们又开始研究起四缸汽车来。

到了第二年年底，他们的研究又告失败，于是他们对福特说："报告老板，四缸汽车确实是不可能生产出来的。"

当时，福特大发雷霆，说："你们这些蠢货！明年再研制不出四缸汽车，就把你们炒掉！谁再说不可能，就滚开！你们最好一起思考如何才能生产四缸的汽车呢？"

这些科研人员心里也很烦，可是没有办法，自己毕竟端老板的饭碗，只有继续。没想到第三个年头不到半年，四缸汽车竟然被研制出来了。

后来，福特说："不是不可能吗？为什么这半年就研制出来了？"其中一个组长说："报告老板，在原来意识中，我们不相信能生产出四缸汽车。可是这半年，我们每个人都问自己一个问题——我们如何才能生产出四缸汽车？"

福特笑了笑说："你们问对了问题，如果你们问'我们何必要生产四个缸的汽车'，那么汽车工业史恐怕就要改写了。"

这个故事告诉我们，很多事情不是我们不能做到，而是我们有没有思考过如何才能做到？对于工作和生活中的很多事情，有时候多一些思考，往积极的方面思考，这样才能把不可能的事情变成可能。

所以说，头脑和手脚一定要配合运用，只有头脑而不敢行动的人永远都在原地踏步。而只有行动力却不敢想的人也会陷入自己设置的小圈子当中很难出头。

俗话说，心有多大，舞台就有多大。对于职场中的人来说，敢想是非常关键的素质。假如一个人整天在公司里不求进取，浑浑噩噩地过日子，那么他永远也不可能"年少有为"。

很多成功人士在尚未成功之时都有一个大的梦想，史玉柱在创业时梦想打造自己的"巨人帝国"，马云在创业时梦想着做一件改变中国人生活方式的大事，这些人后来都成功了，试想一下，如果他们连这样的梦想都没有，那么实现梦想的动力又从何而来呢？

当然，我们这里所说的敢想并不是讲不切实际、天马行空的空想，"想"也要有一定的方圆，也要有实现的可能。一个有可能实现的梦想就能带来源源不断的动力，而这动力正是梦想实现的关键，当梦想成为内驱力，它们之间的良性互动就能够带领你一路向前，奔向成功！